周瘦鹃自编精品集

花弄影集

周瘦鹃

著

广陵书社

图书在版编目（CIP）数据

花弄影集 / 周瘦鹃著. -- 扬州：广陵书社，
2019.1（2022.3 重印）
（周瘦鹃自编精品集 / 陈武主编）
ISBN 978-7-5554-1144-4

Ⅰ．①花… Ⅱ．①周… Ⅲ．①散文集－中国－当代
Ⅳ．①I267

中国版本图书馆CIP数据核字(2018)第288490号

书　　名	花弄影集		
著　　者	周瘦鹃	丛书主编	陈　武
责任编辑	白星飞	特约编辑	罗路晗
出 版 人	曾学文	装帧设计	鸿儒文轩·书心瞬意

出版发行	广陵书社
	扬州市四望亭路 2-4 号　　　　　邮编：225001
	(0514)85228081（总编办）　　85228088（发行部）
	http://www.yzglpub.com　　E-mail:yzglss@163.com
印　　刷	三河市华东印刷有限公司

开　　本	787mm×1092mm　　1/32
字　　数	83 千字
印　　张	6
版　　次	2019 年 1 月第 1 版
印　　次	2022 年 3 月第 2 次印刷
书　　号	ISBN 978-7-5554-1144-4
定　　价	38.00 元

目录

1

湖山胜处看梅花

　　一年之计在于春，一春出游之计最先在于探梅，而探梅的去处总说是苏州的邓尉，因为邓尉探梅，古已有之，非同超山探梅之以今日始了。邓尉山在吴县西南六十里，相传汉代有邓尉隐居于此，因以为名，一名光福山，因为山下有光福镇，而旧时是称为光福里的。作邓尉的附庸的，有龟山、虎山、至理山、茆冈山、石帆山等八九座小山，人家搅也搅不清，只知道主山是邓尉罢了。明代诗人吴宽有《登邓尉》诗云：

　　昔年曾学登山法，纵步不忧山石滑。舍舆径上凤冈头，趁此凉风当晚发。远山朝士抱牙笏，近山美人盘鬓发。我身如在巨海中，青浪低昂出复没。山下人家起市廛，家家炊烟起曲突。梅林屋宇遥复见，一似野鸟巢木末。山僧见山如等闲，翻怪群山竞排闼。偶凭高阁发长笑，笑我胡为蹑石钵。夕阳满目波洋洋，西望平湖更空阔。山灵为我报水仙，豫役清泠供酒渴。吴人非不好登山，一宿山中便愁绝。扁舟连夜泊湖口，舟子长篙未须刺。懒游已笑斯人唱骎，狂游不学前辈达。若耶云门在於越，何必青鞋共布袜。

　　诗中除了"梅林屋宇遥复见"一句外，对于梅花并没详细的描写，原来看梅并不限于邓尉山上，而梅树也散在四周的山野之间，即如和邓尉相连不断而坐落在东南六里的玄墓山就是一例，那边也可看梅，并且山上也是有不少梅树的。玄墓之得名，因东晋青州刺史郁泰玄葬在山上的缘故。现在此墓依然存在，位在圣恩寺后面的山坡上，向右过去不多路，就是颇有名的"真假山"，嵌空玲珑，仿佛是用太湖石堆砌而成，正如人家园林中的假山一样，其实是出于天然，因山泉冲激所致，所以称之为"真假山"。这里一带，至今还有好几十株老梅树；而圣恩寺前，本来也种有不少梅树，不幸在暴日入寇时砍伐都尽。我在十余年前到此看梅，还不愧为大观，回来以后，曾怀之以诗：

玄墓梅花锦作堆，千枝万朵满山隈。几时修得山中住，朝夕吹嚼香蕊来。

寺中还元阁上，原藏有《一蒲团外万梅花》长卷，也足见当年山中梅花之盛。自明清以至民国，都有骚人墨客的题咏，而经过了这一次浩劫，前半早已散失，后半只剩胡三桥的一幅画，和易实甫、樊云门以及近人所题的诗词，并且不知怎样，纸上沾染了许多黑斑，有几处竟连字也瞧不出来了。后来我上山看梅，也看过了这一个残余的卷子，曾题了两首七绝：

劫余重到还元阁，举目河山百种宽。欲寄身心何处寄，万梅花里一蒲团。

万梅花里一蒲团，打坐千年便涅槃。佛雨缤纷花雨乱，如来弥勒共盘桓。

我虽仍然沿用着"一蒲团外万梅花"原意，其实哪里还有万树梅花之盛，只能说是万朵梅花吧。玄墓之西有弹山、蟠螭山，以石楼、石壁吸引了无数游屐，那边也有梅树，可是散漫而并不簇聚，只是疏疏落落地点缀在山径两旁罢了。弹山的西北有西碛山，其南有查山，旧时梅花最盛，宋代淳祐年间，高士查莘曾隐居于此，筑有梅隐庵。庵东有一个挺大的潭，在梅林交错中，虽亢旱并不干涸，查氏就在上面的崖壁上题了"梅花潭"三字，可是这些古迹，已无余迹可寻。不过唐寅诗有"十里梅花雪如磨"句，而李流芳文有"余买一小丘于铁山之下，登陟不十步而尽揽湖山之胜，尤于看梅为宜，盖踞花之上，千村万落，一望而收之"云云，那就足见这里一带，在明代是一个观赏梅花的胜处。

在光福镇之西，与铜井山并峙的，有马驾山，俗称吾家山。山并不很高，而四面全是梅树，花开时一白如雪，蔚为大观。清康熙中巡抚宋牧仲犖在崖壁上题了"香雪海"三字，复筑亭其旁，以便看梅。据说乾隆下江南时，也曾到此一游，于是"香雪海"之名藉甚人口，游人络绎而至。诗人汪琬曾有《游马驾山记》，兹摘其中段云：

　　……前后梅花多至百许树，芳气蓊薂，落英缤纷，入其中者，迷不知出。稍北折而上，望见山半累石数十，或偃或仰，小者可几，大者可席，盖《尔雅》所谓礜也。于是遂往，列坐其地，俯窥旁瞩，濛然暍然，曳若长练，凝若积雪，绵谷跨岭，无一非梅者。加又有微云弄白，轻烟缭青，左澄湖以为镜，右崇嶂以为屏，水天浩漾，苍翠错互，然则极邓尉、玄墓之观，孰有尚于兹山者耶？……

　　读了这一段文字，就可知道这马驾山香雪海亭一带，确是看梅最好的所在，不过"百许树"疑为"万许树"之误。因为二十余年前我到此看梅，也决不止百许树，但见山下四周茫茫一白，确有曳若长练、凝若积雪的奇观，至少也该有千许树呢。后来乡人因种梅利薄，不及种桑利厚，于是多有砍梅以种桑的。如今梅花时节，您要是上马驾山去向四下一看，怕就要大失所望，觉得香雪海已越缩越小，早变成香雪河、香雪溪了。清代画师作探梅图，多以香雪海为题材，吾家藏有横幅一帧，出吴清卿大澂手，点染极精。我曾请吴氏裔孙湖帆兄鉴定一下，确是真迹，特地转请故王胜之先生题端，而由湖兄检出窊斋旧笺，钞了他老人家的遗作《邓尉探梅诗七律二章》殿其后，更有锦上添花之妙，我于登临之余，欣赏着这画中的香雪海，觉得更有意味了。

明代高士归庄，字玄恭，江苏昆山人，国亡以后，便遁入山林中，佯狂玩世，与顾亭林同享盛名，一时有"归奇顾怪"之称。遗作《观梅日记》，详记邓尉探梅事，劈头就说："邓尉山梅花，吴中之盛观也。崇祯间尝来游，乱后二十年中凡三至……"他最后一次探梅，历时十日。从昆山乘船出发，先到虎丘，寓梅花楼，赋诗二绝句，第一首：

邓尉山梅是胜游，东风百里送扁舟。更爱虎丘花市好，月明先醉梅花楼。

这首诗可算是发凡。第二天仍以舟行，过木渎，取道观音山而于第三天到上崦，记中说："遥望山麓梅花村，斜阳照之，皑皑如积雪。"这是邓尉探梅之始。第四天到士墟访友人葛瑞五，记云："其居面骑龙山，四望皆梅花，在香雪丛中。余辛丑年看梅花，有'门前白到青峰麓'之句，即其地也。庭中累石为丘，前临小池，梅三五株，红白绿萼相间。酌罢坐月下，芳气袭人不止，花影零乱，如水中荇藻交横也。后庭有白梅一株，花甚繁，其实至十月始熟，盖是异种。"他在这里探梅，是远望与近看，兼而有之的。第五天登马驾山，他说："山有平石，踞坐眺瞩，梅花万树，环绕山麓。"这平石附近的崖壁上，就是后来宋牧仲题"香雪海"三字的所在。要看大块文章式的梅花，这里确是惟一胜处，我当年也就在这一块平石上，醋畅淋漓地领略了香雪海之胜。第六天游弹山之西的石楼，记云："石楼前临潭山，潭山之东西村坞皆梅花，千层万叠，如霰雪纷集，白云不飞。"这里的梅花也可使人看一个饱，可是现在登石楼，就不足以餍馋眼了。第七天游茶山，他说："茶山之景，梅花则胜马驾山，远望湖山，则亚于石楼。盖马驾梅花，唯左右前三面，茶山则梅花四面环匝。"这所谓茶山，为志书所不载，大概就是宋代高士查莘所隐居的查山吧？他既说梅花四面环匝，胜过马驾山，将来倒要登临其上，对证古本哩。随后他又游了铜井山，记云："铜井绝高，振衣山巅，四面湖山皆在目，而村坞梅花参差，逗露于青松翠竹之间，亦胜观也。"他这里所见，只是村坞间参差的梅花，已自绚烂归于平淡了。第八天上朱华岭，记云："回望山麓梅花，其胜不减马驾山。过岭至惊鱼涧，涧水潺潺有声，入山来初见也。道旁一古梅，苔藓斑驳，殆百余年物，而花甚繁，婆娑其下者久之。路出花林中，早梅之将残者，以杖微扣之，落英缤纷，惹人襟袖。复前，则梅杏相半，杏素后于梅，春寒积雨，梅信迟，遂同时发花，红白间杂如绣。"因看梅而看到杏花，倒是双重收获，眼福不浅。原来他记中所记时日，已是古历的二月十九日了。第九天他才游玄墓山，这是一般人看梅必到的所在，圣恩寺游侣如云，直到梅花残了才冷落下来。他记中只说："途中所见，无非梅花林也。"又说："遥望五云洞一带，梅花亦可观。"对于真假山一带梅花，不着一字，大约那时还没有种梅吧？第十天上蟠螭，至石壁，经七十二峰阁，至潭东，记云："蟠螭者，在诸山之极端，梅杏千林，白云紫霞，一时蒸蔚。"又云："潭东梅杏杂糅，山头遥望，则如云霞，至近观之，玉骨冰肌，固是仙姝神女，灼灼红妆，亦一时之国色也。"他在这里都是由梅花而看到杏花，杏花正在烂漫，而梅花已有迟暮之感了。第十一天他就出士墠而至光福，结束了他的邓尉探梅之行。归氏此行历十天之久，又遍游诸山，对于梅花细细领略，真是梅花知己。今人探梅邓尉，总是坐了小汽车风驰电掣而去，夕阳未下，就又风驰电掣而返，这样的探梅，正像乱嚼江瑶柱一样，还有甚么味儿？来春有兴，打算也照归氏那么办法，趁梅花开到八九分时，作十日之游，要把邓尉四周的山和梅花，仔仔细细地领略一下，也许香雪海依然是香雪海呢。

对于邓尉梅花能细细领略如归玄恭者，还有三人，其一是清代名画师恽南田，他的画跋中有云："泛舟邓尉，看梅半月而返，兴甚高逸，归时乃作看花图。江山阻阔，别久会稀，癙寂心期，千里无间。春风杨柳，青雀烟帆，室迩人遐，空悬梦想。"其二是名画师兼金石名家金冬心，他的画跋中有云："小雪初晴，余寒送腊，具鹤氅浩然巾，入邓尉山，看红梅绿萼，十步一坐，坐浮一大白，花香枝影，迎送数十里。虽文君要饮，玉环奉盏，其乐不是过也。"一个是"看梅半月而返"，而尚有余恋；一个是"十步一坐，坐浮一大白"，而以梅花比之古美人要饮奉盏，他们都是善于看梅而领略到个中至味的。其三是清末名词人郑叔问，晚年自署大鹤山人，卜居苏州鹤园，日常以作画填词自遣。他的词集《樵风乐府》中，不少邓尉探梅之作，他自己曾说往来邓尉山中廿余年，并因爱梅之故，与王半塘有西崦卜邻之约。他的看梅也与归玄恭一样，遍历诸山而一无遗漏的，但读他的八阕《卜算子》，可见一斑，其一云：

低唱暗香人，旧识凌波路。行尽江南梦里春，老兴天悭与。　　桥上弄珠来，烟水空寒处。万顷颇黎弄玉盘，月好无人赋。

这是为常年看梅旧泊地虎山桥而作。其二云：

　　瑶步起仙尘，钿额添宫样。一闭松风水月中，寂寞空山赏。　诗版旧题香，盛迹成追想。花下曾闻玉辇过，夜夜青禽唱。

这是为追忆玄墓山圣恩寺旧游而作。其三云：

　　数点岁寒心，百尺苍云覆。落尽高花有好枝，玉骨如诗瘦。　卧影近池看，露坐移尊就。竹外何人倚暮寒，香雪和衣透。

这是因司徒庙柏因社清奇古怪由古柏联想到庙中梅花而作。其四云：

　　枝亚野桥斜，香暗岩扉迥。瘦出花南几尺山，一坞苍苔静。　梦老石生芝，开眼皆奇景。大好青山玉树埋，明月前身影。

这是为青芝坞面西碛一小丘宜于看梅而作。其五云：

一棹过湖西，曾载双崦雪。蹋叶寻花到几峰，古寺诗声彻。　林卧共僧吟，树老无花折。何必桃源别有春，心境成孤绝。

这是为安山东坳里古寺中寻古梅而作。其六云：

刻翠竹声寒，扫绿苔文细。四壁花藏一寺山，香国闲中味。　对镜两蛾颦，想像西施醉。欲唤鸱夷载拍浮，可解伤春意。

这是为常年看梅信宿蟠螭山而作。其七云：

云叠玉棱棱，琴筑流渐咽。漫把南枝赠北人，陇上伤今别。　秀麓梦重寻，泉石空高洁。台上看谁卧雪来，独共寒香说。

这是为弹山石楼看梅兼以赠别知友而作。其八云:

初月散林烟,近水明篱落。昨夜东风犯雪来,梦地春抛却。　最负五湖心,不为风波恶。笑看青山也白头,一醉花应觉。

这是为冲雪泛舟,看梅于法华、渔洋两山邻近的白浮而作。原词每阕都有小注,十分隽永,为节约篇幅故,不录。但看每一阕中,都咏及梅花,而极其蕴藉之致,三复诵之,仿佛有幽香冷馥,拂拂透纸背出。邓尉的梅花,大抵以结实的白梅为多,一称野梅,浅红色和绿萼的较少,透骨红已绝无而仅有。盆梅向来盛于潭东天井上一带,往年我曾两度前去,物色枯干虬枝的老梅,可是所得不多,苏州沦陷期间已先后病死。硕果仅存的只有一株浅红色的大劈梅,十年前曾在那老干的平面上刻了一首龚定盦的绝句:

玉树坚牢不病身,耻为娇喘与轻颦。天花那用铃幡护,活色生香五百春。

这二十八字和题款，还是从龚氏真迹上勾下来的。以这株老梅的本干看来，也许已有了五百年的高寿了。每年梅花盛开时，大抵总在农历惊蛰节以后，所以探梅必须及时，早去时梅犹含蕊，迟去时梅已谢落，最好山中有熟人，报道梅花消息，那么决不致虚此一行。

石公山畔此勾留

"石公山畔此勾留，水国春寒尚似秋。天外有天初泛艇，客中为客怕登楼。烟波浩荡连千里，风物凄清拟十洲。细雨梅花正愁绝，笛声何处起渔讴。"这一首诗，是七十年前诗人易实父游石公山时所作，而勒石嵌在归云洞石壁上的。

太湖三万六千顷，包涵着洞庭东西二山，湖上共有七十二峰，而以西山的石公山为最美。十年以前，我曾和范烟桥、程小青二兄同往一游，饱览了湖山之胜，并且饱啖了枇杷和杨梅，简直是乐而忘返。

今年六月中旬，苏州市文联动员部分作家前往东西山去体验生活，其中有我和小青，并《新苏州报》滕凤章和文联秘书段炳果二同志。第一天游了东山的雨花台、龙头山和紫金庵，第二天便坐汽轮上石公山去。

石公山周围约二里，高三十三公尺，在西山东南隅，三面沿湖，山上大半是略带方形的顽石，好像是小朋友们玩的积木一样。我们上了山，向东走了一段路，就瞧见一个洞，洞口刻着"归云洞"三字，高约二丈，相传有石挂在洞口，"如云之方归"，因此得名。中立装金的观音像，面部全已风化，倒像害着皮肤病。再向前进，便是石公禅院，背山面湖，地位极好，可是一进侧门，从草堆里走上浮玉堂和翠屏轩，见有的屋顶揭去，有的柱子欹斜，随时有倒塌的可能。地上不是断砖破瓦，便是荆棘乱草。四面壁上，全是游人所涂的字，乱七八糟的，不堪属目，前人称为"疥壁"，一些儿不错。禅堂虽然比较完整，而佛龛尘封，钟鼓无声，堂前有几株石榴，正满开着花，却如火如荼，分外的鲜妍可爱。高处有来鹤亭，传说当年曾有白鹤飞来投宿，可是现在那样子也岌岌可危，即使有鹤，怕也不敢飞来了。这时正下着雨，我们还是鼓勇直上，谁知山径上已有一座亭子塌在那里，拦住了去路，只得废然而下。

仍沿着禅院外的山路前去，找到了夕光洞，洞很浅，顶上斜开一罅，可见天日。一边有大石，像倒挂的塔，据说夕阳照射时，光芒夺目。过去不多路，有云梯，石块略作梯级模样，可是不能上去。再进见有一块硕大无朋的石壁，刻着"缥缈云联"四字，原来这就是联云嶂，上有剑楼，高四五丈，中间有一条石弄，旧名风弄穿云涧，俗称一线天，也有些像苏州天平山的一线天，仿佛是神工鬼斧劈开来的。记得当年我和小青曾勇敢地攀登上去，我还做了两首诗，其一是："奇石劈空惊鬼斧，天开一线叹神工。先登风弄骄风伯，更上层崖叩碧穹"。其二是："步步艰难步步愁，还须鼓勇莫夷犹。老夫腰脚仍轻健，要到巉岩最上头。"而现在"风弄"似乎也改了样，顶口已被野树堵住，我们只得望而却步，再也没有当年的勇气了。

踏着碎石东下，转到湖边，有一大片平坦的石坡，可容数百人坐卧其上，这就是明月坡，三五月明之夜，可在这里望月，光景十分美妙。我也有一首诗："静里惟闻欸乃声，轻舟如在画中行。此心愿似明明月，明月坡前待月明。"远处有明月湾，相传是吴王玩月之所。在明月坡前接近湖水的所在，有奇石两块，像人一般站在那里，俗称"石公石婆"，当年我也胡诌了一首诗赞美它们："双石差肩临水立，石公耄矣石婆妍。羡他伉俪多情甚，息息相依亿万年。"

这一天我们在湖边听风听雨，流连很久，觉得太湖真美，石公山也真美，可惜现在已变做了一座荒山，未免减色。最近蒙古人民共和国代表团曾去游览，因此我敢在这里大声疾呼，呼吁有关方面赶快抢修，使石公山恢复本来面目，以壮观瞻。

静安八景

二十年来，上海南京西路的静安寺一带，商店栉比，车辆辐辏，已变做了沪西区唯一的闹市。而在明末清初之际，却是一个非常清静的所在，现在所有的屋子，都是后来才造的。

元明之间，这里更是一个风景区，高人雅士，常来游览，单以静安寺本身而论，就有所谓静安八景，一曰陈桧、二曰涌泉、三曰赤乌碑、四曰虾子禅、五曰讲经台、六曰沪渎垒、七曰芦子渡、八曰绿云洞。在元代时，静安寺的住持法名寿宁，字无为，号一庵，上海人，工吟咏，是一位有名的诗僧。他在寺中治丈室，两旁种满了许多桧竹桐柏，春、夏时绿阴森森，因自号绿云洞，连同寺中其他古迹，合为静安八景，求诗人们赐以题咏，成《静安八咏》一卷，大名鼎鼎的杨铁崖给他作序，传诵一时。

寿宁自己的八首诗古音古节，做得很不错，中如《涌泉》云："坤之机兮下旋。涌吾水兮泡漩。一气孔神兮无为自然。吁嗟泉兮何千万年！"《芦子渡》云："芦瑟瑟兮水溶溶。望美人兮袁之崧。雁呖呖兮心忡忡。眺东城兮江之中。吾将踏苇兮歌清风。"《绿云洞》云："万樾兮森森。云承宇兮阴阴。洞有屋兮云无心。我坐石兮歌瑶琴。耶之溪兮华之浔。云之逝兮吾将曷寻？"如今静安八景，除了寺前那个涌泉外，其余都已荡然无存。就这一方涌泉，在解放以前也好像成为公众的痰盂和垃圾桶，肮脏不堪。近年来市当局提倡爱国卫生运动，再也没有人去作践它，四周又围了起来，对于这前代遗留下来的唯一古迹，保护得也好了。对日抗战期间，我在愚园路田庄曾住过七年，静安寺一带，是我每日必到之地，对它有特殊的好感。而近二年来，每到上海，住在儿子铮的梵王渡路寓所中，每天出入，又必须经过这里，可说是与静安寺有缘的了。

殡舍作动物园

苏州城东中由吉巷底有一所古老的殡舍，名昌善局，也是善堂性质的组织，专给人家寄存死者的棺木的。局中小有园林之胜，有假山、有旱船、有亭榭、有两个池子，一个池子里，有好多只大鼋，颇颇有名。可与阊门外西园的鼋分庭抗礼。池边有三株老柏，近门处有一架紫藤，都是古意盎然，足足有百岁以上的高寿了。

一九五三年秋，苏州市园林修整委员会因那里棺木早已移去，空着没用，决计前去修整一下，我也是参加设计的一员。费了三个月的时间，总算修整得楚楚可观，但还想不出怎样去利用那些从前存放棺木的一间间屋子。一九五四年春，因拙政园中原有的那个动物园地盘太小，大家计上心来，就决定把动物迁到昌善局去，又费了二个多月的时间，鸠工庀材，从事改装，这一个崭新的城东动物园终于在五月一日开幕。一所死气沉沉的殡舍，居然变作生气勃勃的动物游息之场了。这两年来又一再加以改善，使那些飞禽走兽以及水族，一一各得其所。并且从各地罗致了各种珍奇的动物，大可观赏。谁也料不到这动物园的前身，却是一所殡舍。

　　这城东动物园一带，有一大片澄清的水，风景清幽，很有水乡风味，入夏特备了几艘游船，供群众打桨游赏，一路可通黄天荡。那边的荷花，也是颇颇有名的，每年六七月间，红裳翠盖，蔚为大观，足供半天的流连。至于通往动物园的街道，也已拓宽，从前的小巷曲曲，已变作大道盘盘了。

　　老友徐卓呆兄，在十一岁至二十岁的十年之间，曾在中由吉巷住过，所以对于附近一带的旧时情况，很为熟悉，听他说起来，历历如数家珍。据说动物园西面的徐家弄内，有地名方家场，是明代大忠臣方孝孺的住宅所在，现已成为废墟了。清末的那位能诗、能画、能作小说的风流和尚苏曼殊，有讲学处设在邻近的传芳巷内，但不知他讲的是文学呢，还是佛学？动物园的西北，有一带绿杨堤岸，对河有一座水阁，六十年前，住着一个姓叶的寡妇，生有二女，能画能琴，一班惨绿少年在河边驰马坠鞭，忙个不了，都是被那二女吸引来的。寡妇的老父祝听桐，精于七弦琴，曾在上海味莼园中当众奏弄，倒也算得是一门风雅了。

灯话

我们在都市中，夜夜可以看到电灯、日光灯、霓虹灯，偶然也可以看到汽油灯；在农村中，电灯并不普遍，日光灯和霓虹灯更不在话下，所习见的不过是油盏或煤油灯罢了。我所要说的，并不是这些灯，而是用以点缀农历元宵的花灯。

元宵，就是农历的正月十五夜，古人又称之为元夕，又因旧俗人家都要在这一夜挂灯，所以也称为灯夕。

旧时苏州风俗，十三夜先在厨下挂点花灯，称为点灶灯，一共五夜，到十八日为止，十三夜称为试灯日，十八夜称为收灯日，而以十五夜为正日，家家都点上了花灯，还要敲锣击鼓，打铙钹，热闹非常，称为闹元宵。

元宵张灯之俗，古已有之。考之旧籍，起于唐代睿宗景云二年。当时定为一夜，即正月十五夜。在安福门外作灯轮，高二十丈，挂点花灯五万盏，命宫女们在灯轮下踏歌。唐玄宗时，于十三夜至十六夜张灯三夜，在上阳宫中起建灯楼二十间，高一百五十尺，规模更为宏大。北宋、南宋时，又将时期延长，先为五夜，后为六夜，到十八夜落灯。到了明太祖朱元璋时，初八夜就开始张灯，在南都搭盖了高高的彩楼，连续十天之久，招徕天下富商都来看灯。北都东华门一带，也有二里长的灯市，在白天，有各地的古玩珍宝和一切日常服用的东西，陈列在市上，入夜就有花灯烟火，照耀通宵，鼓吹杂耍，喧闹达旦。足见当时统治阶级剥削了民脂民膏，穷奢极欲，连元宵看灯也要大大地铺张一下。

在清代时，苏州阊门内吴趋坊和皋桥、中市一带，每年腊后春前，就有劳动人民把手制的各式花灯，拿到这里来出卖，凡人物、花果、鸟兽等，一应俱全，十分精巧。如刘海戏蟾、西施采莲、渔翁得利、张生跳粉墙等，都是有人物的。花果有莲花、栀子花、绣球花、玉兰花、西瓜、葡萄、石榴、藕、菱等等。鸟类有孔雀、仙鹤、凤凰、喜鹊、鹦鹉、白鸽等等。兽类有兔、马、鹿、猴、狮等等。其他如青蛙、鲤鱼、龙、虾、蟹、走马灯、抛空小球灯、滚地大球灯等等。因卖灯的人都聚在这里，前后历一月之久，因此称为灯市。大抵到十八夜落灯之后，这灯市也就收歇了。

　　古时苏州制作的花灯，精奇百出，天下闻名。宋代周密《乾淳岁时记》中有云：“元夕张灯，以苏灯为最，圈片大者，径三四尺，皆五色琉璃所成，山水人物，花竹翎毛，种种奇妙，俨然着色便面也。”那时梅里镇中，也以精制花灯出名，用彩笺刻成细巧的人物，糊在灯上，就叫做梅里灯。又有一种夹纱灯，也用彩纸细刻花鸟虫鱼等等，夹着轻绡，更为精美悦目。自清代以后，苏州的花灯逐渐没落，巧匠难求，由浙江碤石镇、菱湖镇等起而代之，比之苏州旧时的花灯，有过之无不及。一九五六年春，上海博物馆中举行浙江手工艺品展览会，就有四十年前硖石名手所制的两只伞灯，灯上的花样，全用细针一针一针地刺成，十分生动；而二十余年前，菱湖灯也曾出现于上海永安公司中，多用纱绢制成，不论花鸟虫鱼，都像真的一样，灯型并不太大，更觉得玲珑可爱，人家纷纷买去，作元宵的点缀。不知解放以后，硖石、菱湖仍有这种制灯的巧匠没有。

抗日战争前，听说北京廊房头条有些灯画的店铺，也有制灯的巧匠。北京的工艺美术品，如象牙雕刻、景泰蓝等，一向以精美驰名国际，解放后又有了很多改进。我想花灯的制作，也不会例外，一定是精益求精的。

安徽黄梅戏的传统剧目中，有一出《夫妻观灯》，故事很为简单，说青年农民王小六，在春节的第一个月圆之夜——正月十五，听说城里在举行灯会，就匆匆地赶回家去，要他那个年青的妻子换上了新衣，手拉手的一同赶到城里去看灯。进了城，只见四面八方，人山人海，各种花灯来来往往，丰富多彩。夫妻俩兴高采烈地看着，指指点点，你问我答，直到夜深，才兴尽而归。我很喜爱黄梅戏的唱腔，也特别喜爱这出戏中夫妻二人的表演，他们每看见一种灯，就在一举手，一投足，以及脸色上、眼风里表达出来。我们不必看见灯，就可从他们的表演上看见多种多样的灯了。何况还有那种婉转动听的唱词和说白，加强了这出戏的艺术性。中间还有一个穿插，那个年青的妻子正在看得手舞足蹈之际，忽然向她丈夫撒娇，说是不高兴看了，硬要拉着丈夫回去。王小六不知就里，忙问为的是甚么，她娇嗔地回说，因为人家不看灯，却都在看她。那个天真的丈夫就指手画脚地呵斥那些看他妻子的人，说他将来定要报复，也不看灯而看这些人的妻子。这一个穿插，很为有趣，好似一篇平铺直叙的文章里，有了这曲笔，就见得活泼生动了。因此我连带想起了明代诗人王次回的一首《踏灯词》："观梅古社暂经过，手整花冠簇闹蛾。说与檀郎应一笑，看侬人比看灯多。"读了这首诗，可知不看灯而看人，倒是实有其事的。

清代董舜民有《元夜踏灯》词，咏少妇看灯，写得很美，调寄《御街行》第二体云："百枝火树千金屟。宝马香尘不绝。飞琼结伴试灯来，忍把檀郎轻别。一回伴怒，一回微笑，小婢扶行怯。　石桥路滑缃钩蹑。向阿母低低说。姮娥此夜悔还无？怕入广寒宫阙。不如归去，难忘畴昔，总是团圆月。”

苏州盆景一席谈

"三尺宣州白狭盆。吴人偏不把、种兰荪。钗松拳石叠成村。茶烟里、浑似冷云昏。　丘壑望中存。依然溪曲折、护柴门。秋霖长为洗苔痕。丹青叟、见也定销魂。"

这是清代词人龚翔麟咏苏州盆景的一阕《小重山》词，他说的把一株小松种在一只狭长的宣石盆中，配以拳石，富有画意，成为一个上好的盆景，因此老画师也一见销魂了。

盆景是甚么？盆景的构成，是将老干或枯干的花树、果树、常绿树、落叶树等一株或二株种在盆子里，抑制它们的发育，不使长得太高太野；一面用人工整修它们的姿态，力求美化，好像把山野间的树木缩小了放在盆里一样。其实盆景大部分也就是利用这种野生的树木作为材料，由于艺术加工而制成的。原来那山野、岩谷间所生长的松、柏、榆、枫、雀梅、米叶、冬青等，经过数十年或数百年之久，枯干虬枝，形成了苍老的姿态，只因一年年常经樵夫砍伐，高度只有一二尺左右。这种矮小而苍老的树木，俗称树桩或老桩头，如果掘来上盆，加以整理，一面修剪，一面扎缚，就可成为盆景。要是单独的一株，那么可以依树身原来的形态，种在深的或浅的方形、圆形以及其他长方形、椭圆形、六角形等陶、瓷或石盆中，树下树旁可适当地安放一二块拳石或石笋。例如一株悬崖形的树木，种在方形或圆形的深盆里，根旁倘有余地，可以插上一根石笋。欹斜形的树木，种在长方形的浅盆中，不论一株、二株，倘觉树下余地太大，显得空虚，那就可以配上一块英石或宣石。像这样的栽种和布置，可称为简单化的盆景。

那么怎样才是复杂化的盆景呢？这就须更进一步，制作比较细致。倘以绘画作比，等于画一幅山水或一幅园林，又等于在盆子里制成一个山水或园林的模型，成为立体的实物了。农村渔庄，都可用作绝妙的题材，并可在配置的人物上，设法将劳动生产的情况表现出来。凡是山岩、坡滩、岛屿、石壁等等，都可用安徽沙积石或广东英石、苏州阳山石等作适当的布局。人如渔、樵、耕、读，物如亭、台、楼、阁、桥、船、寺、塔、水车、茆舍等等，都以广东石湾制的出品最为精致。树木一株、二株，或三五株以至七株、九株，树身不必粗大，务求形态美好，必须有高低、有远近、有疏密，并以叶片细小为必要条件，否则与全景不称。就是人与物配置的远近，也都要有一定的比例，而人与物的形体，为了要与树叶作比例，所以不宜太小，还是要选用较大的较为合适。凡是制作盆景的高手，必须胸有丘壑，腹有诗书，多看古今名画，才能制成一盆富有诗情画意的高品。如果有这么一个水平较高的盆景，供在几案上，朝夕观赏，不知不觉地把一切烦虑完全忘却，仿佛置身于大自然的怀抱里，作神游，作卧游，胸襟为之一畅。

苏州的盆景，已有很悠久的历史，可是过去传统的风格，总是把树木扎成屏风式、扭结式、顺风式和六台三托式等等，加工太多，很不自然，并且千篇一律，也显得呆板而缺少变化。后来由于盆景爱好者观赏的眼光逐渐提高，厌弃旧时那种呆板的风格，于是一般制作盆景的技工，也就推陈出新，提高了艺术水平，在加工整姿时，力求自然。凡是老干或枯干的树木，依据它们原来的形态，栽成种种不同的形式，大致可以分作五种，对于剪片、扎缚等手法，起了显著的变化。

一、直干式：主干直立，只有一本的，称为单干式；主干有二本的，称为双干式，不过双干长短不宜相等，应分高低；主干三本或五本的，称为多干式。本数以单数为宜，不宜双数。

二、悬崖式：此式俗称"挂口"，有全悬崖、小悬崖、半悬崖各式。全悬崖的主干悬出盆外较长，角度较大，枝叶不在盆面，要用深盆栽种，近根处竖一石笋或瘦长的石峰，这树就好像生长在悬崖峭壁上一样。小悬崖的主干悬出盆外较短，少数枝叶布在盆面，但仍需要深盆。半悬崖的主干只有少许斜出盆外，并不向下悬挂，角度更小，大部分的枝叶都在盆面，所以栽种时可用较浅的盆子。

三、合栽式：十多株同一种类的树木，高高低低、疏疏密密地栽在一只浅而狭的长方盆中，树下配以若干块大小高低的英石或宣石，好像是一片山野间的树林，很为自然。

四、垂枝式：盆树有枝条太多太长，无法整形的，可将长条一根根屈曲攀扎下来，形成垂柳的模样，这就叫做垂枝式。例如迎春、柽柳、金雀、枸杞、金银花、金茉莉、紫藤花等，枝条又长又多，都可用此式处理。

五、附石式：把盆树的根株根须附着在易于吸水的沙积石上，因吸收石块的水分而生长，或就石块的窟窿中加泥栽种，更为容易。这种附石式的盆景，既可将浅盆用土栽种，也可安放在瓷质或石质的水盆里，盛以清泉，陪以小块雨花石，分外美观。

总之，盆树的形态变化很多，能够入画的，才可称为上品。枯朽的老干，中空而仍坚实，自觉老气横秋。露根的老干，突起土面，有如龙爪一样。这些树木，都是山野间老树常有的美态，在盆景中也大可增加美观。

盆树的整姿定形，一定要有充分的艺术修养和灵巧的手法，才不致因加工过度而成为矫揉造作，落入下乘。春秋佳日，要经常地出外游山玩水，从岩壑、溪滩、山野、村落以及崇山峻岭之间，可以找到不少奇树怪石，都是制作盆景的好材料，要随时随地多多留意，不可轻轻放过。平日还要经常观摩古今名画，可以作为盆景的范本，比自己没根没据想出来的，高明得多。我曾经利用沈周的《鹤听琴图》、唐寅的《蕉石图》、夏昶的《竹趣图》、王烟客的《新蒲寿石图》、齐白石的《独树庵图》等，依样画葫芦似的制成了几个盆景。像这样的取法乎上，不用说是更饶画意了。

农家乐

　　五六竿高高低低的凤尾竹下面，有两头牛和两个小牧童。一个已坐在牛背上了，翘起一只脚叩着牛角；一个正爬上牛背去。活泼泼地，面目如画。在相去不远的所在，有一片小小池塘，塘边有石块、有小草，似乎在等两头牛过去饮水、去吃草。这一幅农家乐图，并不是画家的丹青妙笔，而是我新制的一个盆景。

　　此外还有《松寿图》《百乐图》《蒲石延年》等盆

景，都是祝颂长寿和快乐的。而另一盆《翠竹重重大有年》，在两块一大一小的沙积石上，全种着密密层层的凤尾竹，有两个老翁在茅屋前闲话，似乎在庆幸竹子的丰产。另一盆《蕉下横琴》，一个穿蓝袍的白头老翁，在两株青翠欲滴的芭蕉下趺坐操琴，悠然自得。他老人家也许是敬老院里的一老吧？

为了配合西郊公园向负盛名的动物，又准备了六个象形的树桩盆景。一盆黄杨，很像走鹿；另一盆黄杨，却像曲蚓；一盆榆，像踞象；一盆雀梅，像蟠龙；一盆银杏，像游蛇；一盆三角枫，像眠蚕。当然，这所谓象形，不过略略有些儿相像，可当不上惟妙惟肖的评价，如果要把动物院中的象兄鹿弟对照起来，那就差得远了。

除了这些盆景之外，又添上一个玩意儿，在一只彩色的荷叶形浅盆里，放着一个红绿相间的长形北瓜和一个圆形的青皮北瓜，再配上一块拳石和几只紫色的灵芝，这不过是作为一件装饰品，使满台清一色的绿油油盆树之间，增加一些儿色彩，以免单调。

南通盆景正翻新

这些年来，我的园艺工作以盆景作为重点，因此凡是国内有盆景的地方，总想前去观摩一下，当作我的研究之助。一九五九年初夏，先到了广州，觉得广州的盆景，多半取法自然，自有独到之处。一九六一年春节又在南通看到了优美的盆景。

过去我在上海曾经见过不少南通来的盆景，每一盆的树姿，都像是鞠躬如也的谦谦君子，我以为天然的树偶或有之，决不会株株都是这样刻板式的。这次我到了南通之后，先后参观了南郊公园、五山公园、人民公园的许多盆景，大半仍然保持着旧时的风格，不过人民公园的技工，已受了苏州的影响，开始打破陈规了。

感谢南通的友人们特地为我举行了一个小型展览会，把他们手制的几十件盆景，分室陈列，供我观赏。只因有几位作者是画家和诗人，盆面上就有了画意诗情，不同凡俗，使我眼界为之一新。虽然品种不多，而每一株雀舌松，每一株绒针柏，每一株六月雪，都剪裁得楚楚有致，连树边树下的石笋和拳石，也布置得恰到好处。老诗人孙蔚滨先生即席赋诗见赠：

雅望俊才海内倾，晚工园艺寄高情。等闲范水模山意，盆盎收来分外清。

东风花事到江城（阮亭句），小局呈粗待剪芟。喜迓高轩凭指点，争荣齐放浴朝晴。

我于受宠若惊之余，跟大家交流了经验，以推陈出新互相勖勉，并向旁听的各园技工提供我的一得之见。

以为盆景的制作，必须六成自然，四成加工，而在这四成之中，又必须以剪裁占二成半，扎缚占一成半。如果加工过多，那就是矫揉造作，取法乎下了。

我还得感谢技工朱宝祥，他也鼓足了干劲，忽促地为我展出了他个人的作品，十之七八已改变了旧作风，换上了新面貌。就中一大盆老干的罗汉松，更觉得气势磅礴，睥睨一切，仿佛关西大汉，打铁绰板，唱大江东去，豪放得很！

恰夏果杨梅万紫稠

当我在琢磨那首咏长沙的《沁园春》词时，一时不知该怎样着手。穷思极想之余，却给我抓住了末一句"浪遏飞舟"四个字，得到了启发，可就联想到那三万六千顷浪遏飞舟的太湖，又联想到那太湖上花果烂漫的洞庭山。当下就把洞庭山作为主题，费了大半天的工夫，好容易总算写成了。上半首写的是山上景物和动态，下半首写的是前几年游山的回忆，抚今思昔，真是别有一番滋味上心头。

那时我游的是洞庭西山，恰值是杨梅成熟的季节，因此我那下半首的头二句用"游"字韵和"稠"字韵，凑巧地写成了"年时曾此遨游，恰夏果杨梅万紫稠"。真的，当时在山上所见到的，记忆犹新。在那漫山遍野无数的杨梅树上，密密麻麻地结着无数红红紫紫的杨梅，别说数也数不清，简直连看也看不清了。我跟着那位导游的朋友在山径上走走停停，欣赏着那许多杨梅树上的累累硕果。一路走去，常常听得路旁杨梅树上响起一片清脆的笑声，从密密的绿叶丛中透将出来。原来是山农家的姑娘们正在那里摘取她们劳动的果实，一会儿就三三两两地下了树，把摘到的杨梅从小篮子里放到大竹筐里，用扁担挑着竹筐回家去。我从旁瞧着，觉得这情景倒是挺有诗意的，于是口占了二十八字："摘来嘉果出深丛，三两吴娃笑语同。拂柳分花归去缓，一肩红紫夕阳中。"所谓"一肩红紫"，当然是指她们肩挑着的满筐杨梅了。

杨梅毕竟是果中大家，不同凡品，因此植物学家给它所定的科属，就是杨梅科和杨梅属。李时珍给它释名，说是"其形如水杨子而味似梅，故名"。段氏（公路）《北户录》名朹子；扬州人呼白杨梅为圣僧，以圣僧作为白杨梅的别名，不知是何所取义？我总觉得太怪了。杨梅树是常绿乔木，叶形狭长而尖，很像夹竹桃，可是形态较短而较厚，一簇一簇的光泽可喜。我曾从西山带回来一株矮矮的老树，模样儿很美，栽在盆子里作为盆景，想看它开花结果。可是山野之性，不惯于局处盆子，不满两年，就与世长辞了。杨梅在春天开出黄白小花来，有雌有雄。雄花不能结实，雌花结成小球似的果实，周身是坚硬的小颗粒，到小暑节边成熟。为了种子的不同，因有红、紫、白、黄、浅红等色彩，自以紫、白二种为上品。味儿有酸有甜，但是甜中带一些酸，倒也别有风味，正如宋代诗人方岳《咏杨梅》诗所说的，"众口但便甜似蜜，宁知奇处是微酸"，可算是知味的了。

杨梅的品种，因地而异，据旧籍《群芳谱》载："杨梅，会稽产者为天下冠，吴中杨梅种类甚多，名大叶者最早熟，味甚佳；次则卞山，本出苕溪，移植光福山中尤胜；又次为青蒂、白蒂及大小松子，此外味皆不及。"不错，我们苏州光福镇原是一个花果之乡，潭东一带的杨梅，至今还是果类中颇颇有名的产品，与色紫而刺圆的洞庭山所产的杨梅，可以分庭抗礼。浙江的杨梅，会稽当然包括在内，大叶青种就产在萧山，果形椭圆，刺尖，作紫色，甘美可口。不可多得的白杨梅，就产在上虞，果形不大，而颗颗扁圆，很为别致。明代诗人瞿佑咏白杨梅诗，曾有"乃祖杨朱族最奇，诸孙清白又分枝。炎风不解消冰骨，寒粟偏能上玉肌"之句，有力地把个"白"字衬托了出来。

杨梅供人食用，大概已有一千多年的历史，梁代江淹就有一篇《杨梅赞》："宝跨荔枝，芳轶木兰。怀蕊挺实，涵黄糅丹。镜日绣墅，照霞绮峦。为我羽翼，委君玉盘。"说它跨荔枝而轶木兰，真是尽其赞之能事了。汉代东方朔作《林邑记》有云："林邑山杨梅，其大如杯碗，青时极酸，既红，味如崖蜜，以酿酒，号梅香酎，非贵人重客，不得饮之。"杨梅竟大如杯碗，闻所未闻；至于用杨梅酿酒，至今还在流行，并且还有杨梅果汁和杨梅果酱等等，供广大群众享受了。

杨梅又有一个别名，叫做"君家果"，据《世说》载，梁国杨氏子修九岁，甚聪慧，孔君平诣其父，父不在，乃呼儿出，为设果，果有杨梅，孔指以示儿曰："此是君家果。"儿应声答曰："未闻孔雀是夫子家禽。"自从有了这个故事以后，姓杨的人就是往往跟杨梅认起亲来。例如宋代杨万里诗："故人解寄吾家果，未变蓬莱阁下香。"明代杨循古诗："杨梅本是我家果，归来相对叹先作。"只因这两位诗人都是姓杨，所以就称杨梅为吾家果了。此外还有把唐明皇的爱宠杨贵妃拉扯在一起的，如宋代方岳的一首咏杨梅诗："五月梅晴暑正祥，杨家亦有果堪攀。雪融火齐骊珠冷，粟起丹砂鹅顶殷。并与文园消午渴，不禁越女蹙春山。略如荔子仍同姓，直恐前身是阿环。"这位诗人竟把杨梅当作杨玉环的后身，真是想入非非。

栽杨梅宜山土，以砂质而混合一些细石子的，最为合适，所以栽在山地上就易于成长，并且最好是在山坡的东面和北面，西北二面还要有一带常绿树，给它们挡住西北风，才可安稳过冬。栽种和移植时期，宜在农历三四月间，每株距离约二丈见方，不可太近。地形要高，但是地土要湿润，因此梅雨时节，就发育得很快，自有欣欣向荣之象。一到炎夏，烈日整天的晒着，枝叶就容易焦黄，影响了它的发育。新种的苗木，必须注意它的干湿，即使经过二三年，要是遇到天旱，仍须好好浇水，不可懈怠。浇水之外，还要注意施肥，用豆粕、草木灰、人粪尿等和水，先在春初一二月间施一次，到得结了果摘去以后，再施一次。树性较强，病虫害较少。枝条如果并不太密，也就不必常加修剪。

三年以来，我们苏州洞庭东西山的杨梅，年年获得大丰收。一九六一年五月下旬，有一位诗友从洞庭山来，说起今年杨梅时节，踏遍了东西二山，他所看到的，正如陆游诗所谓"绿阴翳翳连山市，丹实累累照路隅"，到处是一片丰收景象，千千万万颗的杨梅，仿佛显得分外的鲜艳。

柿叶满庭红颗秋

我家庭园正中偏东一口井的旁边，有一株年过花甲的柿树，高高的挺立着，虬枝粗壮，过于壮夫的臂膀，为了枝条特多，大叶四层，因此布荫很广。到了秋季，柿子由绿转黄，更由黄转为深红，一颗颗鲜艳夺目，真如苏东坡诗所谓"柿叶满庭红颗秋"了。

柿是落叶乔木，高可达二三丈。每年春末发叶，作卵形，色淡绿，有毛，叶柄很短。夏初开黄花，花瓣作冠状，有雌性和雄性的区别。雌性的花落后结实，大型而作扁圆形的，叫做铜盆柿；较小而作浑圆形的，叫做金钵柿。我家的那株柿树，就是结的铜盆柿，今秋产量共有五百多只。可惜未成熟时，就被大风吹落了不少，成熟以后，又被白头翁先来尝新，又损失了一部分，然而把剩余的采摘下来，除了分赠亲友外，也尽够我们一家大快朵颐了。在柿子未成熟的时候，皮色尚未转黄，而孩子们食指已动，那么我们就先摘下一二十颗，浸在盛着鸳鸯水（把沸水和冷水混合起来，叫做鸳鸯水）的钵子中，四面用棉絮包裹，过了十天至半月取出，扦了皮吃，甘美爽脆，十分可口。至于皮色转黄而尚未转红的柿子，味涩不堪入口，必须用楝树叶焐熟，或放在米桶里过几天，也会成熟。柿子成熟之后，又酥又甜，实在是果中俊物。

　　古人对于柿树有很高的评价，说是有七绝：一长寿，二多荫，三无鸟巢，四无虫蛀，五霜叶可玩，六嘉实，七落叶肥大。这七点确是柿树兼而有之，为他树所不及。只因落叶肥大，曾有人利用它来练字。据说唐代郑虔任广文博士，工诗善画，家贫，学书而苦于没有纸张，因慈恩寺有大柿树，柿叶可布满几间屋子，他就借了僧房住下，天天取柿叶来写字，一年间几乎把整株树上的叶片全都写遍了。他的书法终于大有成就，被夸为"郑虔三绝"的一绝。

成熟的柿子称为烘柿，晒干而皮上生霜的称为白柿。据李时珍说，烘柿并不是用火烘熟的，只须将青绿的柿子收放在容器中，自然红熟，好像烘过一样，涩味尽去，其甜如蜜。白柿就是生霜的干柿，其法将大柿压扁，日晒夜露，等它干了之后，藏在陶瓮里，到得皮上生了白霜才取出来，这就是柿饼，那白霜称为柿霜。据说患痔病的常吃柿饼，可以轻减；将柿子和米粉作糕饼，可治小儿秋痢，那么食物也可作药用了。

最是橙黄橘绿时

"一年好景君须记，最是橙黄橘绿时"，读了苏东坡这两句诗，不禁神往于三万六千顷太湖上的洞庭山，又不禁神往于洞庭山的名橘洞庭红。其实橙黄橘绿虽然好看，而一经霜打、满山红酣时，那才真的是一年好景哩。前几天孩子们从市上买来了几斤洞庭橘，争着尝新，皆大欢喜。我见橘色还是绿多红少，以为味儿一定很酸，谁知上口一尝，却没有酸味而有甜味，足见洞庭橘之所以会流芳千古了。

我说它流芳千古，倒并非夸张，原来远在唐代，洞庭橘就颇为有名，每年秋收之后，照例要进贡皇家，给独夫去尝新。当时曾有善于趋奉的近臣，写了两篇《洞庭献新橘赋》，歌颂一番。至于诗人们专咏洞庭橘的诗，那就更多了。例如韦应物的"书后欲题三百颗，洞庭须待满林霜"；皮日休的"个个和枝叶捧鲜，彩疑犹带洞庭烟"；顾况的"洞庭橘树笼烟碧，洞庭波月连沙白。待取天公放恩赦，侬家定作湖上客"。这一位诗人，为了热爱洞庭橘，竟想乞得天公恩赦，让他住到太湖上去了。

我园东部百花坡下有两株橘树，十余年前从洞庭西山移来，就是著名的洞庭红，可是因为不常施肥，结实不多；而盆植的一株，每年总结十多颗，经霜泛红之后，与绿叶相映，鲜艳可爱。橘树的好处，不但能结美果，而又好在叶片常绿，并且有香，用沸水加糖冲饮，香沁心脾。叶作长卵形，柄上有节，枝上有刺。夏季开白花，每朵五瓣，也带着清香。入秋结实，初绿后黄，经霜渐红，那就完全成熟了。橘皮香更浓郁，当你剥开皮来时，会喷出香雾沾在手指上，老是香喷喷的。

中国地大物博，产橘的地方多得很，并且橘的质量也有超过洞庭红的。过去我就爱吃汕头、厦门的大蜜橘，漳州的福橘，新会的广橘，天合山和黄岩的蜜橘。还有一种娇小玲珑的南丰橘，妙在无核，而肉细味甜，清代也是进贡皇家给少数人享受的，而现在早就像洞庭橘一样，颗颗都是归大众享受的了。

橘的繁殖方法，以嫁接为主，可用普通的枸橘作为砧木，于农历四月前后施行切接；倘用芽接，那么要在九月初施行。苗木生长很慢，必须在苗圃里培养二三年，才能露地定植。要用黏质壤土，而排水须良好，不需肥土，以免树势陡长，结实推迟。冬季不可施肥，入春施以腐熟的菜粕，帮助它发育成长。

橘的全身样样有用，肉多丙种维生素，可浸酒、榨汁、制果酱。橘皮、橘核、橘络都可作药笼中物，有治病救人之功。屈原作《橘颂》，可也颂不胜颂了。

浆甜蔗节调

晋代大画家顾恺之，每吃甘蔗，往往从蔗尾吃到蔗根，人以为怪，他却说是"渐入佳境"。原来越吃到根，味儿越甜，因此俗谚也有"甘蔗老头甜"之说。

甘蔗是多年生草木，高达六七尺至一丈外，茎直很像竹子，粗可数寸，每茎五六节、八九节不等。叶狭而尖，形似芦叶，长二三尺，纷披四垂。茎顶抽出花来，花序作圆锥形，要是不到蔗田里去实地观察，是不容易看到的。中国江浙闽广各地都有广大的蔗田，以广东的青皮蔗和红皮蔗为最著，个子粗壮，汁多而味甜。浙江塘栖的青皮蔗，个子较细，而汁特多，最宜于榨浆，过去我们在苏州市上所喝到的蔗浆，全是取给于塘栖甘蔗的。

中国在唐代以前，就有喝蔗浆的习惯，蔗浆见于文字的是宋玉的《招魂篇》，所谓"腼鳖炮羔，有柘浆些"，这柘浆就是说的蔗浆。后来历代诗人的诗歌中，咏及蔗浆的，更数见不鲜，例如白居易的"浆甜蔗节调"，陆游的"蔗浆那解破余酲"，庞铸的"蔗蜜浆寒冰皎皎"，顾瑛的"蔗浆玉碗冷冰冰"等。而晋代张协的《都蔗赋》中，曾有"挫斯蔗而疗渴，共漱醴而含蜜，清津滋于紫梨，流液丰于朱橘"之句，对于蔗浆更大加歌颂，说它是超过梨汁和橘汁了。有人以为喝蔗浆虽好，却不如咀嚼蔗肉，其味隽水。但我们上了年纪而齿牙不耐咀嚼的，那么一盏入口，甘美凉爽，觉得比汽水果露更胜一筹。

甘蔗对我们最大的贡献，还不是浆而是糖。考之旧籍，利用甘蔗来制糖，是从唐代开始的。唐太宗派专使到摩揭陀国取熬糖法，就诏令扬州上诸蔗如法榨汁，制成糖后，色味超过西域，然而只是后来的沙糖，并非糖霜。糖霜的制作，大约开始于唐代大历年间，这里有一段神话，可作谈助。据说，那时有一个号称邹和尚的僧人，跨白驴登伞山，结茅住了下来，日常需要盐米薪菜时，总写在纸上，系着钱币，差遣白驴送到市上去。市人知是邹和尚所指使的，就按价将各物挂在鞍上，由它带回山去。有一天，白驴踏坏了山下黄家蔗田中的蔗苗，黄家要和尚赔偿。和尚说："你不知道用蔗来制成糖霜，利市千倍。我这样启发了你，就作为赔偿可好？"后来试制以后，果然大获其利，从此就流传开去了。王灼作《糖霜谱》，说杜蔗即竹蔗，薄皮绿嫩，味极醇厚，是专门用来制作糖霜的。

迎新清供

今年快过完了，我们将怎样来迎接这新的一年来临呢？除了在精神上思想上要作迎新的准备外，在物质上也有点缀一下的必要。我爱园艺，就得借重那些盆供瓶供来迎新了。

入冬以来，各地的菊花展览会早已结束了，而我家的爱莲堂、紫罗兰盦、寒香阁、且住各处，仍还供满着多种多样的盆菊，内中有好多盆经我整理加工以后，尽可维持到元旦，并且还有几盆迟开的黄菊和绿菊，含苞未放，可以参加迎新的行列。晚节黄花，居然也作了迎新清供的生力军，使这新年的元旦，更丰富多采。

今冬气候比较温暖，爱莲堂前东面廊下的那株双干老蜡梅，已陆续开放；更有一株盆栽的，磬口素心，也已开了几朵。这株蜡梅虽已年过花甲，而枯干虬枝，还是充满着生命力，今年着花特多，胜于往年，大概它也在作跃进的表示吧。我已准备在元旦那天，把它移到爱莲堂上来作供，预料那时花蕊儿定可齐放，发出那种檀香似的妙香来，我又少不得要吟哦着元人"枝横碧玉天然瘦，蕊破黄金分外香"的诗句儿，和朋友们共同欣赏了。

提起了蜡梅，就自然而然地会想到天竹，它们俩真是像管鲍一般的好朋友，每逢岁寒时节，人家用作过年的装饰品，相偎相依的，厮守在一起。我小园子里地植的天竹，足有一二百枝，多半是结子累累，霜降后早就猩红照眼了。盆栽的天竹，共有大小四盆，可是内中三盆所结的子，都给贪嘴的鸟作了点心；最小的一盆今年得天独厚，三枝上共结了五串子，衬托着纤小的绿叶，分外可爱。我怕再给鸟儿瞧上了当点心吃，先就抢救了进来，现在正高供在爱莲堂上，等候它的老朋友来作伴。在迎新的行列中，要算它们俩是主角了。

常年老例，蜡梅花开放之后，迎春花情不自禁，总是急着要赶上来的。迎春是一种灌木性的植物，每一本可发好多干，而以单干为贵。枝条伸展像绶带模样，所以别称腰金带。花型较小，共有六瓣，色作嫩黄，也有两花叠在一起的，较为名贵。我有好几个盆景，大小不等，有作悬崖形的，有欹斜而吊根的，有种在石上的。悬崖的一本，姿态最美，着花也最多，年年总是独占鳌头，从不使我失望。为了它的许多枝条都纷披四垂，因此种在一只白釉方形的深盆中，高高地供在一个枣木树根几上，自有雍容华贵之致。每年迎新清供，总少不了它，要迎接新年的元旦，当然也非借重它不可。

红色是大吉祥的象征，迎新当然要多用红色，单是天竹子还嫌不够，于是准备请两位朋友来作陪客。一位是原产西方的象牙红，又名一品红，它是年年耶稣圣诞节的座上客，因此俗称圣诞花，花色鲜艳，红如火齐，最好是用大型的白色瓷胆瓶来作供，娇滴滴越显红白，生色不少。一位是常住在中国各地高山上的鸟不宿，它与天竹一样，不以花显而是以子显的。它于初夏开小白花，结子初作青色，入冬泛红；叶形略似定胜，共有七角，角尖很为尖锐，所以连鸟也不敢投宿，而就获得了鸟不宿的名称。我有盆栽的几本，今冬结子不多，而在园南紫兰台上种着的一大株，却是丰收，全株分作十余片，每片结子无数，猩红夺目，来宾们见了，都啧啧称赏，叹为观止。我从中剪下了几枝，插在一个圆形的豆青色古瓷盆中，注以清泉，和那盆栽天竹供在一起，相映成趣。

除了这些红子的天竹和鸟不宿外，还有一位佳宾，在迎新清供中崭露头角，那是一株盆栽的橘树，今冬结了十多个橘子，皮色已由绿泛红，一到元旦，就得供在爱莲堂上，与其他供品分庭抗礼。橘的谐音是吉祥的吉，元旦供橘，就是取"吉祥止止"的意义，况且我们的爱国大诗人屈原，曾有《橘颂》之作，早就大加歌颂了。

此外如万年青、吉祥草，苏沪人家旧时结婚行聘以至过年贺岁，都要利用它们作为装饰品，就为它们的名称太好之故。再加上苍松、翠柏、绿竹等许多盆景，分外热闹。松与柏向有松柏长春的美名，而竹子又有节节高的俗称，如今一并请它们来迎接新年，也可算得是善颂善祷的了。

迎新清供所需用的瓶花盆树，大致如此，我已做好了准备，兴奋地期待着这幸福的一天。

仙卉发琼英

仙卉发琼英，娟娟不染尘。月明江上望，疑是
弄珠人。

这是明朝画家王毅祥的一首题水仙花诗，虽只寥寥
二十字，却把它的清姿幽态和高洁的风格，衬托了出来。
因为它的芳名中有一个"仙"字，又因它挺立于清泉白
石之间，诗人们又尊之为凌波仙子。

水仙原产在武当山谷间，土人称为天葱，因它茎干中空如大葱。近年来福建漳州、厦门和江苏崇明都盛产水仙。福建的球根特大，叶片多而着花也多。崇明的则球根很小，好像一个大型的蒜头。

水仙花六瓣，作白色，黄色的花心形似酒盏，因有金盏银台之称。花以单瓣为贵，可以入画。复瓣的花瓣折皱，不及单瓣挺拔，别名玉玲珑，其实并不玲珑。据唐朝《开元遗事》载，明皇以红水仙十二盆赐虢国夫人。那么水仙也有红色的了，可是谁也没有见过，无从证实。

水仙恰在春节边开花，因此人家往往把它跟松、竹、梅同作清供。岁寒三友之外，再添一友，自是春节绝妙的点缀。

我于水仙开过之后，从不将球根抛弃，先把花叶和根须全部剪去，放在肥料缸中浸过一夜，然后取出晒干，拌上湿润的肥土，挂在通风的地方。到八月里，就种在向阳的墙边篱角，壅以猪窠灰。入冬用白酒糟和水浇灌，自然茂盛，如有霜雪，必须遮盖，那么到了春节，开花有望。古人曾有《种水仙诀》云："六月不在土，七月不在房。栽向东篱下，寒花朵朵香。"又旧法在初起叶时，将砖块压住，不使它立时抽出，据说将来开花时花出叶上，自多风致。不管它是否正确，可作参考。

水仙花茎如果抽得太长，可剪下来用花瓶和水盘插供，配以绿叶三五片，也很美观。插供时在水中加一些食盐，可以延长观赏的时间。不料凌波仙子，却与梅花有同癖，都是喜欢喝盐汤的。

三春花木事

无名英雄蒲公英

春初我们不论到哪一处的园地里去溜达一下，总可以看见篱边阶下或石罅砖隙挺生着一种野草，几乎到处都是，大家对它太熟悉了，一望而知这就是蒲公英。只因它出身太低贱了，虽也会开黄色的花，而《群芳谱》

一类花草图籍却藐视它，不给它一个小小的位置，而它不管人家藐视不藐视，还是尽其所能，发挥它治病救人的作用。

蒲公英别名很多，共有十多个，因它贴地而生，开出黄花来，又名黄花地丁，南方也有称为黄花郎的。它是多年生草本，叶从根部抽出，有些儿像鸟羽，叶边有大锯齿，齿形向下。早春时节，叶丛中间抽一茎，顶上生花，色作深黄，形如金簪头，因此又称金簪草。花谢飞絮，絮中有子，这些子落在哪里，就生在那里，所以繁殖极快。倘将花茎折断，就有白汁渗出，可治恶疮，涂之即愈，此外如治乳癣也有特效。

据李时珍说，蒲公英还可以制成擦牙乌须还少丹，从前越王曾遇异人得此方，极能固齿牙、壮筋骨、生肾水，凡是年近八十的人服了之后，须牙还黑，齿落更生；少壮的人服了，就可长葆青春，到老不变。不知现代医学家们有没作过实验？

蒲公英不但入药，也可作菜蔬吃。早春叶苗初生，十分鲜嫩，即可尽量采取，上锅煠熟，用盐花酱麻油拌和，倒是绝妙的粥菜，并且有消滞健胃的效能。

古人曾有"十步之内必有芳草"之说，蒲公英即是一例。当此政府大力提倡中医中药之际，我们该拥护这位无名英雄，使它发挥更大的作用，为人们服务。

易开易谢是樱花

樱花属蔷薇科的樱属，是落叶乔木，叶作卵形，有尖端，叶边有锯齿，它和樱桃叶很相像，花有单瓣，有复瓣。单瓣五出，也和樱桃花很相像，但是樱桃花会结实，而樱花是不结实的。樱花在日本种类很多，单瓣、复瓣和枝垂性的，足有四五十种，可是大同小异，不易区别。就是颜色也只有红、白、浅红几种，而以绿色复瓣的较为名贵。樱花含蕊未放时，作红色，开放后就淡下来，而远望上去，却是一白如雪了。花梗细长，有细毛，每一茎上总有几朵花簇聚一起，这也像樱桃花一样。木质坚实而细密，可作器具，有许多精美的木质手工艺品，都是利用樱木制成的。

单瓣的樱花，培植比较容易，复瓣的难以生长，并且枝条上挺，挤在一起，发展也就难了。入夏枝叶生长很旺，不可修剪，因为修剪之后，失去了蒸发、呼吸等营养作用，而有日就萎缩之虞。繁殖的方法，压条或扦插较为迟缓，还是以嫁接为速成，可用樱桃树作砧木，而将各种樱花强有力的枝条嫁接上去，不过接口要低，那么成活后移植的时候，可将接口埋在土中，接处易于生根，而寿命也可延长了。我家有盆栽的复瓣红樱花二株，作半悬崖形，花时鲜妍可爱，就是用樱桃树嫁接而成的。

国色天香说牡丹

不知从前是哪个人，主观地妄称牡丹为"花王"、为"富贵花"，其实它本来是我国北方山地上一种野生的落叶灌木，连名称都没有，只因是木本而花似芍药，就被称为"木芍药"。它的历史倒是很古老的，晋朝谢康乐曾说："永嘉水际竹间多牡丹。"北齐画家杨子华，曾作牡丹图。到了唐朝开元年间，长安牡丹大盛，明皇和杨妃在沉香亭前赏牡丹，李白进《清平调辞》三章，要算是牡丹诗中的代表作。到了宋朝，洛阳牡丹甲天下，甚至称为"洛阳花",品种多至一百七十余,有黄、紫、红、白、绿诸色。黄色的有姚黄、缕金衣等二十四种,紫色的有魏家紫、墨葵等三十种,桃色的有洗妆红、醉西施等九十种,白色的有无瑕玉、万叠雪峰等二十九种,绿色的有欧碧、萼绿华等三种。后来品种一年年地减少,最近山东菏泽县所产牡丹,不过几十种,但是智慧的花农,正在努力培植新种,将来牡丹的品种一定会大大超过往昔的。

牡丹的花型,的确雍容华贵,并且有色有香,可是经不起风雨和烈日的考验。若说它真是花王、是富贵花,那么王运不长而富贵也是短暂的。在旧时代里,只有大户人家才种得起牡丹,而现在各地园林中几乎都有牡丹台,广大群众也可以尽情欣赏了。

牡丹喜燥喜凉,秋分后可以移植,根部留一些宿土,而在新土内拌以白蒆末,有杀虫的功效,然后用细土松松地覆满,使根茎直向地下,容易舒展,勿用脚踏筑实,种好之后,浇以河水或雨水,再添盖细土,过了三四天再浇水。每本相隔三尺,使叶子相接,而枝条互不摩擦,主要是使它们通风透气,并且不使阳光直射根部。开花结子之后，收子晒干，用湿土拌和放在瓦器里。到秋分后，把它们分畦播种，等到来春发了芽，必须加意养护，再隔一年，才可移植。这样的播种比较迟缓，不如分取根上幼苗栽种来得快。夏季浇水宜在清早或傍晚，秋季可隔几天浇一次，冬季不须再浇，而在近根处壅以猪窠灰，再用稻草将枝干全部包裹，等来年大地春回时解开，那么到了谷雨节，就可欣赏古诗人所夸张的的"国色天香"了。

梨花如雪送春归

梨花开时，正是春尽江南的季节，看了庭园里梨花如雪，想起古人"梨花院落溶溶月"的诗句，雪白的月色，映照着雪白的花光，这真是人间清绝之景，最足以耐人寻味。可是一想到"雨打梨花深闭门""夜来风雨送梨花"，那又不免引起不愉快的感觉。

梨花属蔷薇科的梨属，是落叶乔木，性喜高燥，不怕寒冷，它有快果、果宗、王乳、蜜父等几个别名，都见《本草纲目》。树身高达二三丈，木质坚实，枝叶四张，亭亭如盖。叶作卵形，与杏叶很相像而较大较厚。叶柄根长，叶端是尖的，边缘有小小的锯齿。农历三月开花，同时发叶，花五瓣，作纯白色，也有作红色的，或香或不香，当然是以香为贵。到了夏秋之间，结实已成熟，作球形或卵形，因种类的不同，形态也就有异，而表皮上都有细小的点子，这是个个相同的。我最爱北方的雅梨、莱阳梨、烟台洋梨、北京小白梨，全都甘美可口。南方的梨以砀山为美，甜甜的没有一些酸，可是肉质稍粗，未免美中不足。据说安徽休宁、歙县交界处的一个村子里，出产一种蜜汁梨，果形很小，只像枇杷般大，刚从树上摘下来时，很为坚硬，必须藏在瓦器中密密加封，经过了好多天开封取食，只须在皮上吮吸一下，肉和汁全都入口而化，似是玉液琼浆，美不可言。然而这是几十年前的事，不知现在还有出产否？梨也有野生的，形小而味酸，经过了嫁接，方能改善。嫁接可用野生的杜梨作为砧木，接以名种，有枝接和芽接两种方法。枝接宜在农历三四月间，芽接宜在农历八月上旬和八月下旬。

梨于医疗上也有它的特长。梨熬了膏，用开水冲饮，可以止咳。李时珍也说它润肺凉心，消痰降火，解疮酒毒。它的花和叶各有效用，把它的根和皮煎汁洗疮疥，也有效。

晋朝孔融让梨，千古传为佳话。据说他四岁时，与他的几个哥哥一同分梨，梨大小不一，而他却独取小的，有人问故，他说："我是小弟弟，应该取小的。"个人主义者听了这个故事，不知作何感想？

西府海棠

　　我的园子里有西府海棠两株，春来着花茂美，而经雨之后，花瓣湿润，似乎分外鲜艳。

　　"只恐夜深花睡去，高烧银烛照红妆"，这是苏东坡咏海棠诗中的名句，把海棠的娇柔之态活画了出来。海棠原不止一种，以木本来说，计有西府、垂丝、木瓜、贴梗四种，而以西府为尽态极妍，最配得上这两句诗。清朝的园艺家，也认为海棠以西府为美，而西府之名

"紫绵"者更美，因为它的色泽最浓重而花瓣也最多。这名称未之前闻，不知道现在仍还有这个品种否？

西府海棠又名海红，属蔷薇科的棠梨类，树身高达一二丈不等，是用梨树嫁接而成。木质坚实而多节，枝密而条畅。花期在农历二三月间，花五瓣，未开时花蕾像胭脂般鲜红，开放后像晓霞般明艳，而色彩似乎淡了一些。花型特大，朵朵向上，三五朵合成一簇，花蒂长约一寸余，作淡紫色，花须也是紫色的，微微透出清香。这是西府的特点，而为他种海棠所不及。到了秋天，结成果实，味酸，大如樱桃，这大概就是所谓海棠果吧？如果不让它结实，花谢后一见有子，立时剪去，那么明春花更茂美。

海棠也可插瓶作供，如用小胆瓶插西府一枝，自觉妖娆有致。据说折枝的根部，可用薄荷包裹，或竟在瓶中满注薄荷水，可以延长花的寿命，让你多看几天，岂不很好。

含笑看"含笑"

　　农历五月正是含笑花盛放的季节，天天开出许多小白莲似的花朵儿来，似乎含笑向人；一面还散发出香蕉味、酥瓜味的香气，逗人喜爱。

　　广东南海是含笑花的产地，因它开放时并不满开，好像微微含着笑，才得此名。含笑属木兰科，常绿木本，可以盆栽，也可以地植。如果植在向阳的暖地，高达一二丈。叶互生，作椭圆形，有光泽，很像小型的白兰花叶。花单生,一花六瓣,卵形,初开作白色,后渐泛为黄色。花有大小两种,也有白紫两色,而紫色的绝少,宋代陆游曾有"日长无奈清愁处,醉里来寻紫笑香"之句。苏州、上海一带,从没有见过紫含笑,大概要寻紫含笑,非到五羊城去不可。

关于含笑花的艺文,始于宋代,李纲曾有《含笑花赋》,而明代王佐的一诗:"尧草原能指佞臣,逢花休问笑何人。君看青史千年笑,奚止山花笑一春。"借题发挥,足供吟味。

含笑花因为产在南方热地,生性怕冷,所以地植必须向阳,盆栽入冬必须移入温室。它的木质很坚,而根部却多肉根,所以栽在盆子里,应该用较松的砂土或腐植土,施肥可用人粪尿,但是不可太浓,以免伤根。如果培养得法,那么花开不绝,甚至四季都有,但以初夏为最盛。繁殖的方法,可将新条扦插,生长较慢,倘欲速成,还是用辛夷作砧木,从事嫁接,一二年后,也就大有可观了。

我于花木如韩信将兵,多多益善,而含笑却只有一株,可是在我家已有二十余年的历史。干粗如小儿臂,部分已脱皮露骨，五根突起，略如龙爪，作为盆景是够格的了。我把它栽在一只六角形的红砂盆中，作欹斜形，整理它的枝条，使其美化。

金花银蕊鹭鸶藤

　　三年以前，我从小园南部的梅丘上掘了一株直本的金银花，移植在爱莲堂廊下的方砖柱旁。三年来亭亭直上，高达屋檐，枝叶四散低垂，好像是挂着一条条的流苏，年年繁花怒放，幽香四溢。

　　金银花是藤本植物，一名鹭鸶藤，金代诗人段克己曾作长诗歌颂它，有"有藤名鹭鸶，天生非人育。金花间银蕊，翠蔓自成簇"之句，就把金银花这名称点了出来。李时珍说："三四月开花，长寸许，一蒂两花，二瓣，一大一小，初开者蕊瓣俱色白，二三日则色变黄，黄白相映，故呼金银花，气甚芬芳。"因为它藤性坚韧，专向左缠，自有一定规律，因此又名"左缠藤"。柔蔓四袅，作紫色，叶对生，作卵形，新叶初发时，正面深绿，背面暗红，到了冬间，老叶败而新叶生，并不凋落，因此又名"忍冬"。此外又有一个别名最为别致，叫做"金钗股"，大概是为了它的花形略似古代妇女插戴的金钗之故。

农历四月，枝梢的叶腋间就抽出两个花蕾，也像叶片一样是对生的。初作紫红色，开足后分作大小两瓣，大瓣上端裂而为四，小瓣特小，只等于大瓣的四分之一，花须多为六根，长长的伸出花外。花色由紫红渐渐泛白，再变为黄，发香恬静，使人闻之意远。另一种蔓生于山野间的，花蕾全白，开足时才变作黄色。花落之后，结实如小黑豆，可以播种。

我家还有盆栽的金银花老干五六本，都作悬崖形，这几天也正满开着花，迎风送香。

夹竹桃

我爱竹，爱它的高逸；我爱桃，爱它的鲜艳。夹竹桃花似桃而叶似竹，兼有二美，所以我更爱夹竹桃。夏秋之交，庭园中要是有几丛夹竹桃点缀着，就可以给你饱看红花绿叶，一直看到秋天。

夹竹桃属夹竹桃科，是常绿灌木，一丛多干，高达七八尺以至一二丈。据古籍中载，夹竹桃从南方来，名拘那夷，又名拘拿儿，后来流行于福建，称为拘那卫，就是夹竹桃的别名。据近人记录，原产于东印度，有的说是伊朗，不知到底哪个对。

夹竹桃叶尖而长，很像竹叶，但不如竹叶之有劲性，入夏就在枝梢生出花来，花瓣多重，有白、黄、桃红诸色，以黄色为最名贵，而以桃红色为最普通，也最鲜艳。花发异香，带着杏仁味。根部有毒，如果折枝作瓶供，须防瓶水含毒，切忌入口。只因它来自热带地区，生性怕冷，所以盆植应于冬季移入温室。不过它的抵抗力相当强，江浙一带尽可地植，只要及时包裹稻草，以免冰冻就得了。它喜燥而恶湿，因此地植必须选定一个向阳而高燥的地方。它也喜肥，任何肥料都很欢迎，肥施得足，来年着花更为茂美。

前人诗词中，几乎不见有歌颂夹竹桃的，只见宋人梅圣俞有"桃花夭红竹净绿，春风相间连溪谷"句，明人王世懋有"布叶疏疑竹，分花嫩似桃"句。清人叶申芗有《如梦令》一词云："道是桃花竹倚。道是竹枝桃媚。相并笑东风，别具此君风致。何似。何似。佳士美人同醉。"那是以佳士比竹，而以美人比桃了。

栀子花开白如银

栀子花是一种平凡的花，也是大众所喜爱的花。我在童年时听唱山歌，就有"栀子花开白如银"的句儿。当石榴红酣的时节，那白如银的栀子花也凑起热闹来，双方并列一起，真显得娇红妍白。

栀子有木丹、越桃、鲜支几个别名。据李时珍说，卮是酒器，栀子的模样很相像，因以为名。栀子是常绿灌木，小的高不过一二尺，可以栽在盆里；地植的，高度可达丈余。叶片厚实，有光，作椭圆形，终年常绿，老叶萎黄时，新叶已发。花白六出，野生的共只六瓣，有一种花朵较大的荷花栀子，每重六瓣，多至三重，共十八瓣，最为可爱。花香很浓郁，宜远闻，不宜近嗅，因花瓣上常有不少细小的黑虫，易入鼻窍。野生的叫做山栀子，花后结实，初作青色，熟后变黄，中仁作深红色，可作染料，也可入药。福建和安徽都有矮种的栀子，高度不满一尺，花小叶小，我们称之为丁香栀子，可作盆景之用。从前四川有红栀子，初冬开花，色香也与一般栀子不同。据古书中载称："蜀主孟昶，十月宴于芳林园，赏红栀子花，其花六出而红，清香如梅。"又云："蜀主甚爱重之，或令写于团扇，或绣入衣服，或以绢素鹅毛作首饰，谓之红栀子花。"不知四川现在还有否这个种子，如果有的话，那真是珍品了。

栀子总是栽在盆里的居多，地植而成林的，可说是绝无仅有，而四川铜梁县东北六十里的白上坪地方所种栀子，多至万株，望如积雪，香闻十里。

栀子花的文献，始自齐梁，历史很为悠久，后来杜甫、朱熹都有题咏。汉代司马相如作《上林赋》，有"鲜支黄砾"句，鲜支就是指栀子。但我最爱宋代女词人朱淑真的一诗："一根曾寄小峰峦，蕾萄清香水影寒。玉质自然无暑意，更宜移就月中看。"

　　我家有几个栀子花盆景，有单瓣六出的山栀子，树干苍老可喜，也有双株合栽的荷花栀子，今夏着花无数，一白如银，供在爱莲堂中，香达户外。梅雨期间，摘取嫩枝，扦插在肥土里，第二年就可开花。

红英动日华

　　在红五月里，各处园林中往往可以看到一树树的红花，鲜艳夺目，就是唐代元稹诗所谓"绿叶裁烟翠，红英动日华"的石榴花了。石榴花期特长，延续一二个月，不足为奇，因此从五月起，尽可开过农历端阳，又成了端阳节的点缀品。

　　石榴属安石榴科，是一种落叶亚乔木，旧有安石榴、渥丹、丹若、天浆、金罂等几个别名，据说这种子还是当初张骞出使西域时带回来的。树身高达一二丈，叶片狭长而有光泽，鲜绿可爱。花有单瓣，有复瓣，色有红、白、黄、粉红，也有红花白边、白花红边的，另有红白相杂的一种，俗称玛瑙石榴，最可爱玩。结实的都为单瓣，复瓣不能结实，中秋节边，果实成熟，外皮自会绽裂，露出一粒粒猩红的子肉，肉薄而核大，味甜而略略含酸。旧时河阴地方有一异种，结实每颗只有核三十八粒，因名"三十八"，不知现在还有这种子没有？

石榴花的色彩特别鲜艳，红若火齐，所以古来诗文中曾有"榴火"之称，而唐代以下歌颂石榴的诗句，就有不少是以火作比喻的，如"园红榴火炼""风翻一树火""火齐满枝烧夜月""蕊珠如火一时开""日烘丽萼红萦火""红玉烧枝拂露华"等，都是写得火辣辣的，强调了它的红艳。元代张弘范也有这么一首《榴花》诗："猩血谁教染绛囊，绿云堆里润生香。游蜂错认枝头火，忙驾薰风过短墙。"借游蜂来渲染一下，那就更觉得夸张了。

看来今年是石榴花的所谓"大年"吧？我的几个中

型和小型的石榴盆景，花蕊儿都多于去年，连那株向来不大开花的枯干玛瑙石榴，也先后开了十几朵花，并且开得分外的大，供在爱莲堂上，生色不少。还有一盆单瓣石榴，去年曾结实十五颗，今年也着花累累，竟在百数以外，我料想结实也不会少。此外几盆小石榴，也在陆续透出花蕾，有的已经开放，作为案头清供。而那盆粉红色的重台石榴，也不甘寂寞，透出了一朵朵的蕊儿，赶上来凑热闹了。看了我家的这些石榴盆景，不由得想起拙政园的那几十盆老干枯干的大石榴来。前三年由洞庭东山移植而来，据说大半是清代乾隆年间的产物，真是石榴中的元老，料知它们老当益壮，今年也要蓬蓬勃勃地开花结实了。我曾经建议把这一大批大石榴，脱盆地栽，适当地集合在东园一角，配以湖石和石笋，布置得像画一样。年年五月，年年开出如火如荼的大红花来，岂不很好。

石榴繁殖极易，或取子播种，或折条扦插，土质要肥，杂以砂砾，随时浇水，不久自然生根发芽。性喜燥怕湿，也喜肥，可施浓粪，在午时灌水或施肥，着花更为茂美。单瓣石榴例可结实，要是种了多年，仍然不见结实，那么可用石块压在根部，使细根扎实，风来树身不致摇动，那么花谢以后，自会结出硕果来了。

五色缤纷大丽花

　　开到荼蘼藤花事了，庭园中顿觉寂寞起来，除了蕊珠如火的榴花以外，就要仰仗那五色缤纷的大丽花来点缀仲夏风光了。这时节大丽花正在怒放，各地的每个园林里几乎都可看到，单色的有红、紫、黄、白、桃红、火黄等，复色的有紫白相间和各种洒金等。并且花期很长，从农历五六月可以开到十月，连绵不断，使园林中烂烂漫漫，生色不少。我不禁要把《牡丹亭》传奇的名句改一下来歌颂它们："原来姹紫嫣红开遍，似这般都付与琅苑瑶圃。"可不是吗？旧时的颓井断垣，现在都已变做挺好的园林了。

大丽花是从海外来的，所以俗称洋菊，因花形如菊，又称大丽菊。此外另有一个别名，叫做天竺牡丹，那么又把它比作牡丹了。它是多年生草木，根大成块，活像一只番薯。农历三四月间，根上抽出茎来，矮种的茎高不过二三尺，长种的高至四五尺，茎空如管，茎上发出羽状复生的叶片，片形如蛋。五六月间开始开花，有单瓣的，也有重瓣的，自以重瓣为贵。瓣形略如菊花，有匙形、筒形、舌形之别。如果培养得法，每一朵花轮的直径可以大至一尺外，自有雍容华贵之致。

一九五八年夏游庐山，到花径公园去访问老友杨守仁，园中正在举行大丽花展览会，饱看了生平从未见过的许多名种，真是大开眼界，快慰平生。他所培植的共有一百五十余种之多，分作茶花型、菊花型、芍药型、小球型等四个类型，最大的花轮超过一市尺，而最小的却不到一寸半，娇小玲珑，可爱极了。展览会上所陈列的和园地上所种植的，花茎长短适中，而花轮都很硕大，五色缤纷，赏心悦目。花轮直径八寸以上到一市尺的，计有浅黄色的黄金冠、黄钟大吕、黄鹤展翅等三种，深黄色的计有古金殿、金字塔、金碧辉煌三种，血牙色的计有霞辉、霓裳舞、洞庭初夏三种，大红色的计有红穗、霸王、高堂明烛三种，粉红色的计有丽云、大粉桃二种，桃红色的有人面桃花一种，纯白色的有泰山积雪一种，紫色的计有昆仑、老松二种，黑紫色的计有烟涛、黑旋风二种，洒金的计有彩衣、胭脂雪、万紫千红、石破天惊、黄海红雨、乌云盖雪、紫电青霜、金边朱砂、雪地猩猩、桃山挂雪等十种。

我先后观赏了三遍，还是舍不得离开，真的是如入宝山，目迷五色。尤其是是洒金的最为欣赏，有特大的，也有极小的，单说它们是丰富多彩，还觉不够，以文章来作比，简直是一篇篇清丽的散文。可是杨守仁并不满足于已得的成绩，因它无香，正在设法用桂花来交配，使它有香；因它没有绿色的，正在设法把各种绿色的花来交配，使它变绿。

大丽花的繁殖方法，有播子、扦插、分根三种，以分根为最容易，而播子和扦插可就难了。土壤和肥料很关重要，土质最好是用腐熟的牛马粪、草木灰等配制而成的腐植土，肥料以陈宿的人粪水或菜饼水、豆饼水为最妙。要观赏丰富多采的大丽花，非在这两点上痛下功夫不可。

仙客来

记得三十余年前我在上海工作时，江湾小观园新到一种西方来的好花，花色鲜艳，花形活像兔子的耳朵。当时给它起了个仙客来的名字，一则和它的学名译音相近，二则它的花形像兔子，而中国神话有月宫仙兔之说，那末对它尊为仙客也未为不可。

仙客来属樱草科，原产波斯，是多年生的球根草本，球茎多作扁圆形，顶上抽叶，形似心脏，绿色中略带红褐色，叶厚而光滑，背面有毛。在冬春之间，一片片的叶子从花茎中抽出来，顶上就开了花。花只四瓣，有红、白、黑紫、玫瑰紫诸色，花瓣上卷，花心下向，活生生地像是兔耳。另有一种所谓欧洲仙客来，却是在夏秋之间开花的，花作鲜红色，妙在有香，比普通的仙客来更胜一等。

　　仙客来是热带产物，怕冷，所以要在温室中培植。繁殖的方法，可于秋后采子，播在肥土或黄砂中，深度在二分左右。播种后浇足了水，等它稍稍干燥时再浇一些，以滋润为度。到了九月里，子已发芽，不过只抽一叶，至于开花之期，那更遥远得很，急躁的朋友是要等得不耐烦的。如果要想早见花，还是在立秋后用宿球根种在肥土里，放在通风而阳光照射不到的地方，浇一些清水，等它叶芽抽出，渐抽渐长，才可移放到阳光下去，那就要多浇些水，以免干燥。大约在九月下旬就须施肥，并须经常放在温室中，以免霜打。十一月里，花朵儿就开放起来。春节前后，花就结了子。一到夏季，它停止了发育，叶片也都枯死。从此不必多用水浇，只须将盆子放在地面上，使它吸收地气，一面仍须遮以芦帘，以避阳光，让它充分休息几个月，到了秋风送爽的时候，这才是它重新活跃的季节。

殿春芍药花

你如果到苏州网师园中去溜达一下，走进一间精室，见中间高挂着一块横额，大书"殿春簃"三字，就知道这一带是栽种芍药的所在。宋人诗云："过眼一春春又夏，开残芍药更无花。"原来芍药是春花的殿军，殿春之说，就是由此而起的。

《本草》说："芍药，犹绰约也，美好貌，此草花容绰约，故以为名，处处有之，扬州为上。"不错，扬州的芍药，久已名闻天下，苏东坡曾说"扬州芍药为天下冠"，此外古人诗中，也有"千叶扬州种，春深霸众芳""扬州帘卷春风里，曾惜名花第一娇"等句，足见扬州的芍药，确是出类拔萃，不同寻常的。前年我到扬州去，听说现存名种只有十多种，而最名贵的"金带围"尚在人间，这是一个可喜的消息。至于整个扬州由花农们培植出来的芍药，共有一千多墩，都已归公家收买，从事繁殖。我因此建议在瘦西湖公园中辟一广大的芍药田，集体栽种，再设法搞些新品种出来，使扬州芍药发扬光大，在现代仍能争取第一，与年来崭露头角的丰台芍药，来一个友谊竞赛。

芍药的花期，比牡丹迟一些，红五月中，才是它盛放的季节。花分黄、紫、红、白、浅红、洒金诸色，据旧时《芍药谱》所载，共有八十余品。我家爱莲堂前牡丹坛下，只有红、白、浅红三种芍药，这几天正在次第开放，可是天不作美，常受雨师风伯的欺凌。一枝方挺秀，风雨中立即倒伏，索性把它剪下来作瓶插，倒有好几天可以欣赏。另有黄色的一种，种了三年，还是不见一花，真是一件憾事！

殿春芍药花

种芍药应该挑选向阳而排水良好的地方，土壤要肥要松。种定之后，不可移种，过了几年，根株发展太大，那就要分株重栽。分株以秋季为宜，须挖成尺余深穴，多施猪、牛、羊、马粪等堆肥，然后铺土，把每株有三四个嫩芽的根株种下，根须定要垂直，上盖细土，切忌踏实。一春逐日浇水，发芽前和花落后，都须浇粪水一次。生了花蕾，每茎只留一个，花开必大。开残后立即将花剪去，不要让它结子。天寒地冻时，须在根上铺盖稻草，切忌浇水。春季因芽得春气而长，不可分株，俗有"春分分芍药，到老不开花"之说，虽然说得夸张一些，未必正确，但是轻举妄动，怕要等上好几年，才能看到花开。

芭蕉开绿扇

　　炎夏众卉中，最富于清凉味的，要算是芭蕉了。它有芭苴、天苴、甘蕉等几个别名，而以绿天、扇仙为最雅。唐代诗人李商隐曾有"芭蕉开绿扇"之句，就为它翠绿的叶片，可以制扇，而风来叶动，也很像拂扇的模样。清代李笠翁曾说："幽斋但有隙地，即宜种蕉，一二月即可成荫。坐其下者，男女皆入画图。且能使台榭轩窗尽染碧色。绿天之号，洵不诬也。"这些话说得很对，近年来我们正在大搞绿化，芭蕉高茎大叶，布阴极广，实在是绿化最适用的材料。它经雨之后，阴更布得快，陆放翁所谓"茅斋三日潇潇雨，又展芭蕉数尺阴"，这是一个很好的说明，足资吟味。

芭蕉高丈余，茎粗而软，裹着一层又一层的皮，里白外青，一剥就会出水。叶片又长又大，一端稍尖，老叶刚焦，新叶就慢慢地舒展开来。凡是种了三年以上的芭蕉，就会生花，花茎从中心抽出，萼大而倒垂，多至十数层。每层都长花瓣，作鹅黄色，花苞中有汁，香甜可啜，这就是所谓"甘露"，而甘露也就成了苏州娘儿们口中对芭蕉的俗称。

芭蕉叶片特大，下雨时雨点滴在叶上，清越可听，因此古今诗人词客，往往把芭蕉和雨联系在一起，词调有"芭蕉雨"，曲调有"雨打芭蕉"。诗词中更触处都是，如唐白乐天句："隔窗知夜雨，芭蕉先有声。"王遒句："秋宵睡足芭蕉雨，又是江湖入梦来。"宋贺方回句："隔窗赖有芭蕉叶，未负潇湘夜雨声。"我的园子里种有不少芭蕉，可是离开内室太远，听不到雨打芭蕉的清响，真是一件憾事！记得某一年杨梅时节，游洞庭西山的包山寺，下榻大云堂，因连夜有雨，却听了个饱，自以为耳福不浅。当时诗兴大发，曾有"只因贪听芭蕉雨，误我虚堂半夕眠""芭蕉叶上潇潇雨，梦里犹闻碎玉声"等句，说它声如碎玉，倒也有些儿相像的。至于古诗中专咏雨打芭蕉而得其三昧的，要算宋代杨万里的那首《芭蕉雨》："芭蕉得雨便欣然，终夜作声清更妍。细声巧学蝇触纸，大声镗若山落泉。三点五点俱可听，万籁不生秋夕静。芭蕉自喜人自愁，不如西风收却雨即休。"听雨打芭蕉而还分出细声大声来，并且定量定时，分外周到，真可说是一位听雨专家了。

古籍中说："芭蕉之小者，以油簪横穿其根二眼，则不长大，可作盆景，书窗左右，不可无此君。"不错，这十多年来，我每夏一定要把芭蕉作盆景，也不一定用那种油簪穿眼的方法，例如那盆"蕉下横琴"，两株小芭蕉种在盆里已三年了，并没有施过手术，而年年发芽抽叶，并不长大。这几天供在爱莲堂上，我简直是当它宝贝一样，曾有诗云："盆里芭蕉高一尺，抽心展叶自鲜妍。不容怀素来题污，净几明窗小绿天。""案头亦自有清阴，掩映书窗绿影沉。寸寸蕉心含露展，一般舒展是依心。"

这就足见我的踌躇满志了。

芭蕉不但可供观赏，也可作药用，李时珍曾说它可除小儿客热，压丹石毒。肿毒初发，将叶研末，和生姜汁涂抹；将根捣烂，可治发背；花存性研盐汤点服二钱，可治心脾痛。每年大热天，让孩子们躺在芭蕉叶上作午睡，清凉解暑，也是舒服不过的。

扬芬吐馥白兰花

　　从小儿女的衣襟上闻到了一阵阵的白兰花香，引起了我一个甜津津的回忆。那时是一九五九年的初夏，我访问了珠江畔的一颗明珠——广州市。在所住友谊宾馆附近的农林路上，瞧见两旁种着的行道树，都是白兰花，不觉欢喜赞叹。后来又在中山纪念堂前，看到两株二人合抱的老干白兰花树，更诧为见所未见。可惜我来得太早了，树上虽已缀满了花蕾，但还没有开放。料想到了盛开的时候，千百朵好花吐馥扬芬，这儿真成为一片香世界哩。

白兰花是南国之花，所以广东、广西、福建、云南等地，都是它的家乡。它最初的出生之地，据说是在马来半岛一带，经过引种培育，它的子子孙孙就分布到中国来了。南方四时皆春，尽可作为地植，且易于长成大树，绿叶扶疏，终年不凋。不像苏沪一带，只能种在盆子里，娇生惯养，见不得冰霜，入冬就得躲在温室里，不敢露面了。

白兰花是一种属于木兰科的常绿亚乔木，木质又细又松，表皮作白色。叶大如掌，作椭圆形，长达五六寸。到了五六月里，叶腋间就抽出花蕾，嫩绿色的苞，有如一只只翡翠簪头，玲珑可爱。到得花蕾长大，苞就脱落而开出洁白的花朵来了。每一朵花约有十一二瓣，瓣狭长，作披针形，长一寸左右。花心作绿色，散发出兰蕙一般的芳香，还比较的浓一些。但还有比这香得更浓的，那就是白兰花的姊妹行——黄兰花。它穿着一身鹅黄色的衫子，打扮得很漂亮，和白兰合在一起，自觉得别有风韵。黄兰的树干和叶形、花型，跟白兰没有甚么分别。

可是种子不多，分布面不广，物以稀为贵，就抬高了它的身价。

　　苏州虎丘山的花农，很早就在培植白兰花了。它们跟玳玳、茉莉、珠兰等共同生活，成为形影不离的好朋友。这些花都是怕寒的，入冬同处温室，真是意气相投。过去在白兰花怒放的季节，花农们除了把大部分卖给茶叶店作窨茶之用外，小部分总是叫女孩子们盛在竹篮里入市叫卖。那时的卖花女，都过着艰苦的生活，借白兰花来博取一些蝇头之利，那卖花声中是含着眼泪的。近年来花农们生活大大改善了。白兰和其他香花的产量突飞猛进，不仅用来窨茶，并且大量炼成香精、香油，连白兰叶也可提炼，给轻工业和医药上提供了不少必要的原料。

香草香花遍地香

香草香花遍地香，众香国里万花香。香精香料皆财富，努力栽花朵朵香。

这是我于一九六〇年七月听了号召各地多种香花而作的《香花颂》。香精香料是轻工业和食品工业所需要的原料，用途很广，过去大半由国外输入，漏卮极大，现在可要自己来搞，为国家增加财富了。

我怀着兴奋的心情准备大种香花。原来我种的几盆建兰已开了花，每盆都有十几茎，每茎都有七八朵，于是幽香四溢，直熏得一室都香了。建兰原产福建，叶阔而长，达一二尺，四散披拂，很有风致。夏秋间开花，花心有荤有素，红的是荤，白的是素，而以素心为上。产于龙岩的更名贵，称为"龙岩素"，有一种"十八学士"，每茎着花十八朵，香远益清。我家另有两盆叫做"秋素"的，叶长只五六寸，白茎白花，一茎五六朵，高出叶上，仿佛缟衣仙子，玉立亭亭，确是不凡。世称"玉鱿"白干而花上出，为建兰第一名种，不知道是不是"秋素"的别名。

建兰之外，我又有四盆白珠兰，也同时开了花，粒粒如小珍珠；另一种初绿后黄的，别名"金粟兰"，花品较差。珠兰原产闽粤二省，灌木性，枝干成丛，每枝有节。叶从节间抽出，作椭圆形，盆光如蜡。夏秋间枝梢萌发花穗，一穗四茎，每茎长只二寸许，花粒攒聚四周，如珍珠，又如鱼子，因此又名"鱼子兰"。白珠兰初作绿色，后转为白，就发出阵阵浓香来，一时虽开一穗，也可香闻远近。取花窨茶，在茉莉、玳玳之上。珠兰喜阴喜肥，经常用鱼腥水浇灌，花开必茂。我家的那四盆，就是专喝鱼腥水，作为营养品的。

与建兰、珠兰分庭抗礼不甘示弱的，要推茉莉了。茉莉花期特长，陆续开花，可由初夏开到深秋。它是常绿亚灌木，叶圆而尖，有光泽。花从叶腋间抽出，莹白如雪，有单瓣、复瓣之别。复瓣香浓而不见心的，名"宝珠茉莉"，最为名贵。茉莉可制香，可浸酒，可窨茶，北方流行的香片茶，就是用茉莉窨的，而制成了香精，更有极大的经济价值。

崖林红破美人蕉

芭蕉湛然一碧，当得上一个清字，可是清而不艳，未免美中不足。清与艳兼而有之的，那要推它同族中的美人蕉。

美人蕉属芭蕉科的芭蕉属，是多年生的宿根草本，产生在南方闽粤一带，因花色殷红，原名红蕉，明人诗中，曾有"崖林红破美人蕉"之句。茎有高矮，矮的不过一尺上下，高的竟达四五尺。茎上先抽一叶，作长椭圆形，先卷后放，叶中再抽新叶，就这样一片又一片地抽出来。叶色有翠绿的，也有带一些深紫色的，中脉粗大，与芭蕉相似，两侧支脉较细，是平行的。到了初夏，叶的中心就抽出花茎，外面有许多花苞，一层层地包住，苞脱落后，就开出花来，好像一只红蝴蝶模样。从此花朵便自下而上，陆陆续续地开放。一面又有新叶抽出，叶心又抽出新花，叶叶花花，次第抽放，一直到深秋不断。花开过之后，也会结子，明春播植，常可发现新种，比分根更好。

古人对这种红花的美人蕉有很高的评价，如唐代柳宗元诗，曾有"晚英值穷节，绿润含珠光。以兹正阳色，窈窕凌清霜"之句。韩偓一赋，说得更为夸张："在物无双，于情可溺，横波映红脸之艳，含贝发朱唇之色。"倒是宋代宋祁的《红蕉花赞》，说得老老实实："蕉无中干，花产叶间，绿叶外敷，绛质凝殷。"可是说得太老实了，并没有赞的意味。

据《群芳谱》说，美人蕉从东粤来的，其花开似莲花，红似丹砂，产在福建福州府的，四季都会开花，深红照眼，经月不谢，那中心的一朵花，晓生甘露，其甜如蜜。产在广西的，茎不很高，花瓣尖大，像莲花模样，红艳可爱。又有一种，叶与其他蕉类相同，而中心抽出红叶一片，也叫做美人蕉。又有一种，叶瘦如芦箬，花正红如石榴花，每天展放一二叶片，顶上的一叶，鲜绿如滴，花从春季开到秋季，还是开得很好。据《岭南日记》称："红蕉，中抽一花，如莲蕊，叶叶递开，红鲜夺目，久而不谢，名百日红。"这个别名，恰与红薇、紫薇相同，就为它们花期很长，可以开到一百天的缘故。

只因美人蕉原产两广和福建一带，所以唐人诗中如李绅云："红蕉花样炎方识，漳水溪边色最深。叶满丛殷深如火，不惟烧眼更烧身。"这首诗火辣辣的，简直是要烧起来了。他如宋朱熹诗："弱植不自持，芳根为谁好。虽非九秋干，丹心中自保。"明皇甫汸诗："带雨红妆湿，迎风举袖翻。欲知心不卷，迟暮独无言。"又无名氏诗云："芭蕉叶叶扬瑶空，丹萼高擎映日红。一似美人春睡起，绛唇翠袖舞东风。"后两诗都以蕉叶比翠袖，倒是很妙肖的。

现在江浙各地盛开的，是美人蕉科美人蕉属的美人蕉，与芭蕉科的美人蕉不同，叶阔带椭圆作披针形，叶脉歙而斜平行，花苞两片，直到盛开也不会脱落下来。花色不单是红的一种，还有黄、白、粉红诸色，而以红色镶黄边的最为娇艳，倒像美人的红衫子上镶上了一条金色的花边一样，临风微飐，似乎要舞起来了。

花弄影集

木槿与槿篱

木槿花朝开暮落，只有一天的寿命。所以《本草纲目》中的"日及""朝开暮落花"，都是它的别名。还有《诗经》中的"有女同车，颜如舜华"，"舜华"非别，也就是木槿。

木槿是落叶灌木，高达七八尺至一丈外。枝条柔韧，不易折断。内皮多纤维，可作造纸之用。叶互生作卵形，很像桑叶而较小，尖端有桠齿。入夏开花不绝，有单瓣，有复瓣，分红、白、浅紫、粉红诸色，鲜艳可喜。繁殖的方法，只须于梅雨期间，将粗枝截断，每段尺许，插在肥土中，经常浇水，成活率很高。不过第二年分株移植时，根上必须带泥，如果泥垛散落，那就不容易活了。

木槿可以编篱，湖南、湖北一带，盛行槿篱，也就是扦插而成。苏州农村中，也以槿篱作宅基和场地的围墙，年深月久，枝条纠结得非常紧密，任是猫狗也钻不进去，效果是特别大的。槿篱之作，古代早就有了，唐五代时，曾见之于孙光宪词，有"茅舍槿篱溪曲，鸡犬自南自北"之句；他如宋、元、明人诗中，也有"夹路疏篱锦作堆，朝开暮落复朝开"等句。可见槿篱的历史是很悠久的了。我以为现在各地城市绿化，到处少不了绿篱，大可利用红色复瓣的木槿来编制。入夏红花绿叶，相映成趣，那么真所谓"夹路疏篱锦作堆"了。

木槿有姊妹花，花叶枝条和性能都很相像，也一样的朝开暮落，倒像是孪生似的。它的花以红色为主，比木槿更为娇艳，花型也比木槿更为美观，名叫"扶桑"。李时珍说，东海日出处有扶桑树，此花光艳照日，其叶似桑，因以比之，后人讹为"佛桑"，乃木槿别种。花有红、黄、白三色，红者尤贵，呼为朱槿。唐代李商隐诗，称它"才飞建章火，又落赤城霞"，宋代蔡襄诗，说它"野人家家焰，烧红有扶桑"，足见它的红艳，是与众不同的。

初放玉簪花

　　我于花原是无所不爱的，只因近年来偏爱了盆景，未免忽视了盆花，因此我家园子东墙脚下的两盆玉簪，也就受到冷待，我几乎连正眼儿也不看它一看。说也奇怪，前几天清早正在东墙边察看石桌上新翻种的几个"六月雪"小盆景时，瞥见桌下有一簇莹白如玉的花朵，在晓风中微微颤动，原来墙脚边那两盆玉簪，却有一盆意外地开了一枝花。我即忙蹲下去细看时，见一枝上共有六朵花，一朵已萎，一朵刚开，闻到一阵淡淡的清香，不觉喜出望外，于是每天早上总要去观赏一下，流连一会，正如元代画家赵雍诗中所谓"淡然相对玉簪香"了。

玉簪花属百合科，是多年生的宿根草本，它有白鹤仙、季女、内消花、间道花等几个别名，而以玉簪象形为最妙。就为了花形如簪的缘故，就成了诗人们绝好的题材，例如宋代黄庭坚诗云："宴罢瑶池阿母家，嫩琼飞上紫云车。玉簪堕地无人拾，化作江南第一花。"明代李东阳诗云："昨夜花神出蕊宫，绿云袅袅不禁风。妆成试照池边影，只恐搔头落水中。"以玉簪花来假想仙女和花神的遗簪，自然更觉得美了。

玉簪丛生，农历二月间抽芽，高达一尺余，柔茎圆叶，大如手掌，叶端是尖尖的，从中心的叶脉分出齐整的支脉来，到了六七月里，就有圆茎从叶片中间抽出，茎上更有细叶，中生玉一般洁白的花朵，少则五六朵，每朵长二三寸，开放时花头微绽，六瓣连在一起，中心吐出淡黄色的花蕊，四周共有细须七根，头中一根特长。香淡而清，并不散发，必须近嗅，花瓣朝放夜合，第二天就萎了。所结的子，好像豌豆模样，生时作青色，熟后变作黑色，可以播种。另有一种紫色的叫做紫鹤花，花型较小，并且没有香气，比了玉簪，未免相形见绌。

玉簪可作药用，据李时珍说，把它的根捣汁服，解一切毒，下骨鲠，涂痛肿。

合欢花放合家欢

花中有合欢，看了这名称，就觉得欢喜，何况看到了它的花。记得三四年前，我在一家花圃中买到一株盆栽的矮合欢树，枯干长条，婀娜可喜，可是头二年却不见开花。这两年来，才年年有花，尤其是今夏，更开得欢。一个多月前，它那几根长条上的叶片中间，开出一朵朵红绒似的花。这些花开过之后，隔不多久，枝桠间又长出一簇簇的花蕾，一朵又一朵地开放，引得我们合家老小，皆大欢喜。我于朝夕欣赏之余，曾记以诗，有"枝缀纤茸红簇簇，合欢花放合家欢"之句，是抒情，也是写实。

合欢是属于豆科的乔木，原产埃塞俄比亚，后来亚洲各地，也有发现。地植高达二三丈，而枝条很柔弱，四散纷披，叶片作羽状，高下对生，每枝五六对到十多对，到了傍晚，每一片就对合起来，因此别名"夜合"。五六月间开花，作粉红色，丝丝如红茸，有些像马铃上的红缨，因此又有"马缨花"的别名。据《植物名实图考》说，京师呼为"绒树"，以其花似绒线而得名。"合欢""夜合"见之于诗的，如明代王野云："远游消息断天涯，燕子空能到妾家。春色不知人独自，庭前开遍合欢花。"叶小鸾云："可是初逢萼绿华，琼楼烟月几仙家。座中听彻凉州曲，笑指窗前夜合花。"只因花名美好，写入诗中，也就觉得好句欲仙了。

合欢是一种可爱的花，除观赏外，可作药用，据说把它的木皮煎膏，可以消痛肿，续筋骨，所以李时珍也有和血、消肿、止痛的说法。至于《本草经》所载"安五脏，合心志，令人欢乐无忧，久服轻身明目、得所欲"，那又是因合欢这个名称而言之过甚了。

繁殖的方法，可以取子播种。花谢结荚，荚中有子，很细小，种在肥土中，经常喷水使它湿润，便可逐渐萌芽。此外也可在根侧分条栽种，生长更快。我那盆栽的一株，有两枝一长尺半，一长二尺，我想利用压条的方法，尝试一下，如果成功，那么明年今日，一株就可变作三株了。

蜀葵花开一丈红

不知是怎么一回事，我家小园东部的百花坡下，入夏忽地生长出好几十株单瓣和复瓣的各色蜀葵花来，高高低低，密密层层，倒像结成了一面大锦屏一样，顿觉生色不少。就中有十多株桃红色和紫红色的，竟高至一丈以上，这就难怪浙江人要称蜀葵花为一丈红了。

蜀葵原产西蜀，别名戎葵、吴葵，又名卫足葵，因它的叶片倾向太阳，遮住了根部，所以称为卫足。叶片很大，像梧桐又像芙蓉，而花朵很像木槿。茎高五六尺至一丈外。据一本笔记上载，明代成化甲午年间，有倭人前来进贡，见阑干前有奇花不识，问明之后，才知是蜀葵，就题了一首诗："花如木槿花相似，叶比芙蓉叶一般。五尺阑干遮不尽，尚留一半与人看。"这就把蜀葵的花型、叶型以至花茎的高度，全都写出来了。花茎有白色和紫色的，以白色为上品。花从根部到顶部陆续开放，花期很长，从农历五月到七月，约有两个月之久。花色除白、红、紫红、粉红外，还有墨紫和茄子蓝的，较为名贵。据说如果种在肥地上，勤于灌溉和施肥，可以变出五六十种来，其实是由于风和蜂蝶的媒介，花粉杂交之故。

　　蜀葵易于繁殖，子落在地，第二年就会发芽生长，并且开出花来，因此园林中到处都有，并不稀罕，而历代诗文中，却给以很高的评价。梁代王筠作《蜀葵花赋》，曾说："迈众芳而秀出，冠杂卉而当闱，既扶疏而云蔓，亦灼烁而星微。"宋代颜延之作《蜀葵赞》，也说："渝艳众葩，冠冕群英。"这样的说法，似乎太夸张一些。唐代诗人咏及蜀葵花的，颇有佳作，如陈陶《蜀葵咏》

云："绿衣宛地红倡倡，薰风似舞诸女郎。南邻荡子妇无赖，锦机春夜成文章。"岑参《蜀葵花歌》云："昨日一花开，今日一花开。今日花正好，昨日花已老。始知人老不如花，可惜落花君莫扫。人生不得长少年，莫惜床头沽酒钱。请君有钱向酒家，君不见，蜀葵花。"此君大概是个爱酒成癖的人，所以借蜀葵花的盛衰来劝人饮酒。其实花开花落，原是常事，又岂止蜀葵如此？

种植的方法，很为简易，花谢之后，子可多收一些，在农历八九月间种在肥地上，让它过冬。到明年春初发了芽，长了茎，就将细小无力的剪去，留下粗壮的，经常浇水施肥，一过端阳，自会欣欣向荣，一株株开出无数的花来。花以千瓣五心、剪绒锯口为上，单瓣就不足贵。据说从前洛阳有九心剪棱蜀葵，自是贵种，不知现在还有种子否？折枝插瓶，可作案头清供，瓶中须用沸水灌满，再用硬纸塞口；或将花枝蘸石灰，等干燥后才插，那么满枝的花蕊全可开放，而叶片也可维持原状。

蜀葵也有经济价值，苗、根、茎、花、子，都可入药，嫩苗可当菜吃。花干放入炭盘内，可引火耐烧。取六七尺长的茎，剥去了皮，可缉布，可作绳索。取叶片研汁，用布揩抹竹纸上，等它稍干，就用石压平，这种纸称为葵笺。唐代判司许远曾制此笺分赠白乐天、元微之，彼此作诗唱和。据说纸色绿而光泽，入墨觉有精彩，可惜这种葵笺，后代早已失传了。

莲花世界

　　《华严经》中曾有"莲花世界"之说。农历六七月间，几乎到处都看到莲花，每一个园林，红红白白，烂烂漫漫，真的是一片莲花世界。

　　花花草草，形形色色，一方面要有观赏的价值，一方面也要有实用的价值。花草中兼备观赏价值和实用价值，而且价值最高的，只有莲花当之无愧。说到莲花的实用，不论是花瓣、花须、花房、叶、叶梗、藕、藕节、莲子等，或供食用，或供药用，简直没有一种是废物。莲花莲花，实在太可爱了。

莲花属睡莲科的莲属，是多年生宿根草本。原产印度，早就在中国落了户，子孙繁衍，已有千余年的历史。它本名蘁，又有芰荷、芙蕖、菡萏、芙蓉、泽芝、水芝、水华等好几个别名，而以莲与荷为通称。旧时种类很多，有甚么分香莲、夜舒莲、低光莲、四边莲、朝日莲、金莲、衣钵莲、锦边莲、十丈莲、藕合莲、碧台莲等二十余种，现在大半断种，或已换了名称。我家现有层台、佛座、洒金、绿荷、粉千叶、四面观音等几种，已算是稀有的了。至于红十八、白十八，那是种在池子里的普通种，是不足为奇的。

莲花都是生在浅水中的，它的根就是藕，埋在肥土中生长，一年可繁殖好多节，每节形圆而扁，内有空洞很多。节间生出根茎，抽出叶片，叶形略圆，由小而大，好像一柄柄小伞撑在水面。到了农历六七月间，有的藕节间就挺生出花梗来，开花高出叶上。普通的是单瓣，但也有十七八瓣，有粉红、纯白、桃红等色，朝开夜合，可以持续三天之久。花有清香，闻之意远。花谢后，就结成莲蓬，内有子十余颗，可生啖，也可熟食，这就是莲子。

细种的莲花，我们大都是种在缸里的，每年清明节前几天，总得翻种一下，将枯死的老藕除去，把多余的分出来另种，一缸可分作二三缸。缸底先铺野苜蓿或其他野草，上盖田泥一层，然后再加河泥，将藕匀称地种下去，必须留意新芽不可触损，并须使其上仰，以便日后挺出水面，发叶生花。种妥之后，须经阳光充分曝晒，晒得泥土龟裂，然后施以人粪尿，次日加水。一个月后，更在泥中放下小鱼几尾，作为肥料的生力军，有促使生花的效能。这是我种莲花的经验，何妨一试。

"笑向玉山佳处行，东亭风月共相迎。嘉莲惠及苏州市，遗泽休忘顾阿瑛。"这一首小诗，是为了两年前拙政园分种昆山正仪镇的千叶莲花而作的。原来正仪镇上有一座顾园，是元代名士顾瑛"玉山佳处"的遗址，园中有一个莲池，种着天竺珍种千叶莲花，冠绝江南。这一池莲花，已经饱阅了六百多年的沧桑，传说还是当时顾阿瑛所手植的。我找到了顾阿瑛的几首七言绝句，却找不到关于千叶莲花的资料，就中有一首《观荷值雨》：

"湖山堂上看荷花，乱舞红妆万鬟丫。细雨沾衣凉似水，画船五月客思家。"不知湖山堂是不是"玉山佳处"的一座堂，而他所看的荷花是不是千叶莲花呢？可是玩味了末句"客思家"三字，料知他那时正客居在外；况且对千叶莲花，也决不会单单称为荷花的，足见他所看的也不是他自己的千叶莲花了。

抗日战争以前的某一年，有一位老诗人发起在顾园莲池旁造了一个亭子，仍用赵松雪旧题，榜曰"君子"，跟他二十多位朋友和顾阿瑛遗族一同举行落成典礼。从此可以坐在君子亭中，饱看"花中君子"了。过了一年，我和朋友们也闻风前去，可惜去得迟了一些，只看到了最后一朵千叶莲花，的确是不同凡艳。欣赏之余，曾为赋诗，有"红妆艳裹迎风舞，润色湖山赖此花""玉山佳处撩人处，千叶莲花发古香"等句，也足见我对它之倾倒备至了。

一九五九年春初，有人到正仪去将千叶莲分根引种到拙政园远香堂前的大莲塘中。当年就开了不少的花，妙在不单是并蒂并头，甚至一花中有四五蕊、六七蕊的，每一朵花多至一千四百多瓣，称为千叶莲花，真是当之无愧的了。现在广州也已从正仪引种过去，栽在缸里，陈列在越秀公园，观众云集。我以为像这样的好花，不要局限于一市一地，以独占花魁而沾沾自喜，应该分布到全国各地去，供人们欣赏，我可又要唱起来了："嘉莲香泽公天下，告慰重泉顾阿瑛。"

玉立竹森森

在千里冰封的北国地区，大家以为不容易栽活竹子，因此成为植物中稀罕的珍品，而在南方，竹子却是不足为奇的。听说北京过去也以种竹为难事，温室里连盆栽的竹子也没有。当年郑振铎两度南下，光临苏州，见了我家许多竹子的小盆景，大为欣赏，说是有了盆栽一竿，就不需渭川千亩了。一九五八年秋，我赴京参观园林，就带了一小盆观音竹和一盆悬崖形的小枸杞去送给他。他立时供在案头，高兴得甚么似的。不料过了二十天，他不幸于访问阿富汗时在旅途中遇难。至今看到竹子，我还会想起那最后的会见。

我在京期间，有一天曾往安儿胡同拜访黄任之先生。刚跨进门去，就瞧到庭中有两大丛竹子，分栽左右，干挺叶茂，一碧如洗，白香山诗中所谓"玉立竹森森"，自是当之无愧。黄老也很得意地指着竹子对我说："你瞧，你瞧，我已栽活了这些竹子。你以为长得还算好吗？"我惊异之余，连说："好极好极！北京不能种竹的迷信思想，从此打破了。"后来我又在北京西郊动物园里看见许多竹子，虽长得并不高大茁壮，然而竹叶也很苍翠，据说是专供熊猫吃的。现在有了这两个活生生的例子，足见北方任是怎样天寒地冻，栽活竹子是不成问题的。因此，我曾建议新辟的公园紫竹院中，应该广栽紫竹，让它们处处成林，才可以名副其实。

竹子种类繁多，举不胜举，我的园子里就有哺鸡竹、佛肚竹、观音竹、凤尾竹、寿星竹、慈孝竹、斑竹、紫竹、金镶碧玉竹等十一种之多。除了一部分出笋可供食用外，多半是供观赏用的。我以为还须顾到经济价值，如粗大的毛竹可作器材，可供建筑之用，有的竹子可作药用，有治病救人之功。首都如果大量种竹，应该在这方面着眼。

秋兰风送一堂香

八月中旬，正是我家那几盆建兰的全盛时期，每一盆中，开放了十多茎以至二十多茎芬芳馥郁的好花，陈列在爱莲堂长窗外的廊下，香满了一廊，也香满了一堂，因了好风的吹送，竟又香满了一庭。

建兰产于福建，因名建兰。农历六七月间开花，花心作紫红色的，是普通种；花心作白色的，称为素心，比较名贵。每一茎着花六七朵或八九朵，而龙岩素心兰每茎竟有着花十七八朵的，因有"十八学士"的名称，那是建兰中的魁首了。建兰叶阔而长，纷披四散，好像一条条的绿罗带。

凡是兰蕙，都在春天开花，只有建兰开花于夏秋之交，古人诗文中的所谓秋兰，大概就是指建兰吧？例如屈原《离骚》中的"纫秋兰以为佩"，《九歌》中的"秋兰兮蘼芜，罗生兮堂下，绿叶兮素枝，芳菲菲兮袭予"。又如汉代张衡的《怨篇》："猗猗秋兰，植彼中阿。有馥其芳，有黄其葩。虽曰幽深，厥美弥嘉。之子云远，我劳如何。"此外唐、宋、元、明的诗人词客，也有不少咏及秋兰的。至于专以建兰为题的，我却只见明代大书画家文徵明的一首律诗，有"灵根珍重自瓯东，绀碧吹香玉两丛。和露纫为湘水佩，临风如到蕊珠宫"等句，然而对于建兰的产地和开花的时期等，还是说得不够明确。

建兰的好处，就是伺候比较容易，不像春兰那么娇贵，单单看它一两朵花，却要费却不少的人力物力，真像千金买笑一样。每一盆建兰，如果培养得当，自夏入秋，可以陆续开花，多至二三十茎，香生不断，使人饱享鼻福，而看着花花叶叶，眼福也正不浅。别有一种叶较短而花较小，花心作白色的，叫做秋素，开花较迟，恰好给建兰接班，每茎开花六七朵，娇小玲珑，可以比作《桃花扇》里诨号"香扇坠"的李香君。

据说建兰的根是肥而甜的，因此引起了蚁的觊觎，成群结队而来，在根部的土壤中开辟殖民地，根就大受其害，甚至奄奄欲绝。要防止这个可恶的侵略者，必须在盆底垫上一个大水盘，使蚁群望洋兴叹，没法飞渡，那么虽欲染指而不可得了。

丹桂飘香时节

　　每年农历八九月，是丹桂飘香的时节。丹桂飘香已成了一句成语，其实丹桂并不普遍，一般多的是金桂和银桂。

　　桂是常绿乔木，一名岩桂，又号木犀。树身高达丈余，皮薄而质坚，叶尖，作椭圆形，边有锯齿，终年不凋。花朵很小，合瓣四裂，密密地生在叶腋之间。色黄的名金桂，色白的名银桂，但也略带黄色。花香都很浓烈，可作香精香料，也可点茶浸酒，如拌入糖果糕饼，更觉甘芳可口。花有每月开的，称为月桂；四季开的，称为四季桂。其实也并不一定按月按季都开，不过经常开花，疏疏落落地略资点缀，到了仲秋，这才烂烂漫漫地开满一树了。

丹桂，花作红色，并不太香，据说是用石榴树嫁接的。叶形狭小，并没锯齿。说也惭愧，我虽爱花成癖，却从没有见过丹桂，直到一九五八年去北京，才在北海公园和颐和园中看到了它，不觉欢喜赞叹。那株丹桂树身不高，只三四尺，种在木桶里，花作暗红色，不很鲜艳，听说是从青岛移植过来的。古人曾有咏丹桂诗云："秋入幽岩桂影团，香深粟粟照林丹。应随王母瑶池宴，染得朝霞下广寒。"这首诗雍容华贵，可以移赠北海和颐和园中的丹桂。

清代李笠翁曾说："秋花之香者，莫能如桂，树乃月中之树，香亦天上之香也。但其缺陷处，则在满树齐开，不留余地。"这些话说得不错，自是对于桂花的点评。不见桂花开放时，总是在一日夜间开满了一树，一经风雨，就要狼藉满地。如果能慢慢地逐渐开放，多留几天色香，岂不很好！然而它有一个特点，却可弥补这个缺陷，那就是隔了十天半月，还能开第二次或第三次，并且是一样的繁茂。即如我家一株盆栽的枯干老桂，在国庆节盛开了一次，半月之后，当它二度花开时，就又是金粟累累、妙香馥馥了。

卓为霜中英

　　菊花是众香国中的硬骨头，它不怕霜而反傲霜，偏要在肃肃霜飞的时节，烂漫地开起花来，并且开得分外鲜妍，因此古诗人对它的评价很高，宋代苏洵咏菊诗，曾有"粲粲秋菊早，卓为霜中英"之句。菊花既被称为霜中的英雄，那么每年秋季中国各地纷纷举行菊展，就可算得是菊花的群英大会了。

　　中国菊花的历史，真是太悠久了。远在晋代的陶渊明，已在吟哦着"采菊东篱下"的诗篇。不过古时的菊花，大概只有黄色一种，所以"菊有黄华"啊，"黄花晚节香"啊，都把黄花来作为菊花的代名词。后来仗着园艺工人的智慧，搞出了许多新品种来，由宋代的七八十种，增加到明代的二百余种，而近年来，据说已多至一千余种，真的是陆离光怪，五色缤纷。

可是菊花的名称不能统一，是莫大的遗憾。同是一个品种，而各地有各地的名称，各不相同，并且有些是怪怪奇奇，很使人费解的。一九六〇年七月我曾经建议统一菊花名称，料知不久的将来，定可如愿以偿。菊花的名称统一以后，那么现在中国究有多少品种，就可有一个比较正确的统计了。

从十一月起，全国各地凡是有菊花的地方，差不多都举行菊花展览会，五光十色，如火如荼。苏州现有大小型的菊花，约在二百种左右，曾在葑门内网师园举行菊展，以大公园为最多，共一百多种，每种一盆，云蒸霞蔚，大有可观。我的出品共二十种，在面水而筑的"濯缨水阁"中展出，有高几，有长案，有方桌，有琴桌，分列这些盆菊，高低参差，位置不恶。所用盆盎，有瓷质的，有陶质的，有铜质的，色彩和式样也种种不一，几座有红木的，有用树根雕成的，一一和盆盎相配合。每一种花，我标上一个别出心裁的名称，如两盆是北京刘契园先生所赠的名种，标以"北京来的客"；一盆是二色相间的小型乔种，标以"小乔初嫁"；一盆是"帘外桃花"，配着修竹一枝，标以"帘外桃花花外竹"；一盆"绿牡丹"，种在一只古铜三元鼎中，标以"在魏紫姚黄之外"；一盆"织女"，三朵花作悬崖形，标以"牛郎的爱侣"。这些盆菊，除了有必要的用一二枝细竹竿支撑外，大半不用竹竿，也不加扎缚，姿态悉取自然，好像是长在篱下墙角一般。

　　这展出的二十盆菊花中，有三盆作为主体，中央一只长方形的浅灰色大陶盆中，种着三种菊花，一种名"黄龙"，一种名"红线"，一种名"帅旗"，一高一低一欹斜。右首一盆百年老枸杞，朱实累累，绿叶纷披，下配白菊三朵，斜出盆外，标以"杞菊延年"。左首一盆，是五枝下垂的红黄二色相间的菊花，种在一只长圆形的乾隆窑浅蓝色瓷盆中，标以"炼铁炼钢发火花"。这三盆菊花的题名，都是意义深长的。

到得各地的菊展，逐渐结束之后，而我家的小型菊展，却还在继续下去。有的经过整理，仍然楚楚可观，有的花大叶茂，还是鲜艳如故。我有决心要使这些东篱秋色，跟随着新时代的步伐一齐前进。

莫道花开不入时

年年十一月，秋高气爽，许多大城市都举行菊花展览会。走进这些展览会，但见粉红骇绿，霞蔚云蒸，一下子总是几百盆几千盆，甚至几万盆，目之所接，无非菊花，真的可说是菊花的天下了。

年年十一月，我家也总有一个小型的菊展，至少要持续一个半月，甚至开到明年。因此曾记之以诗："菊残纵有傲霜枝，那及清秋绰约姿。我为琼葩添寿算，看它开到岁朝时。""看它开到岁朝时，雪压霜欺总不知。柏悦松欢梅竹笑，春风吹上菊花枝。"这两首诗，自以为是颇有点乐观主义精神的。

一九五九年十一月十日起，我的小型菊展也开幕了。爱莲堂上，除了大丽花的瓶供和盆植的乌桕、一串红外，就让菊花占有了几案，形成了菊花的小天下。在那中间供着一只"碧玉如意"的长案上，两端有成对的道光窑蓝地描金方瓷盆，盆中是两株黄色名菊"金缕衣"。下面的贡桌上，有一对乾嘉制陶名手杨彭年的白陶冰梅纹斗方盆，盆中是两株暗红色的"古铜盘"。在那两个方桌上，有"紫光带""二乔""秋江""金钩挂月""粉妆楼""凤舞""虬龙须""绿衣红裳"等名种，以及各色小型的文菊，都是经过艺术加工，而用各种形形色色的瓷盆、陶盆翻种的。此外再配以大小枸杞、北瓜、灵芝、石供和山水盆景等，作为陪宾，并且在那六扇刻着全部《西厢记》的红木长窗之前，还陈列着一大盆红子累累的百年老树"鸟不宿"，就觉得万紫千红，灿烂如锦，使东篱秋色，更显得丰富多彩了。

紫罗兰盦也是我这小型菊展的一部分，内中陈列着

"东风""秋江夜月""夕阳古寺""绿心托桂""梨香菊"等名种，再配以盆植或瓶插的各色文菊以及北瓜、大竹、石供、大灵芝等作为陪宾，而以小品为主。就中有一盆比较特出的，是在一只乾隆窑白瓷蓝脚的长方浅水盘中，放着一块满长青苔的悬崖形沙积石，石上挂下一株丁香菊，玫瑰紫的小花，碧绿的小叶，娇小玲珑，煞是可爱。

我的盆菊，一般都取自然的姿态，不用竹枝呆板地支撑着，所用盆盎，或瓷或陶，并且利用铜鼎铜盘，更觉古色古香。有的花叶和枝条还须加工，用棕丝、铅丝等给它们整姿，但仍以不背自然为原则。花以三朵至五朵为限，或直或斜，不落呆诠，并且配上了拳石、石笋或枯木，更觉相得益彰。

那些小型的文菊，年来尽力搜罗，已有十多种，有浅黄、深黄、浅红、深红、浅紫、玫瑰紫、白瓣绿心、白瓣黄心等各种色彩。花瓣有粗有细，有作松针形的，有作盘子形的，叶片有大有小，枝条有长有短，虽说是菊中小品，却也蔚为大观。我在紫罗兰盦外的一角，把好多盆小黄花的野菊，堆成了一座小小的菊花山。至于单株的各色文菊，那就用各色各样的陶、瓷、砖、石等盆盎配合翻种，最小的盆子不过二三寸。菊花的枝条，用细铅丝屈曲使短，或欹斜，或下悬，构成各种姿态，别具情趣，安放在那些大型的盆菊之间，倒像是小鸟依人似的。除了用盆盎翻种之外，更利用雀梅、野杜鹃等死了的树桩，将文菊的枝条扎在上面，就好像在枯木上开出花来，更觉古雅，朋友们见了，以为匠心独运，别开生面，其实是一种标新立异的玩意儿罢了。

节气已过大雪，我这里——素有天堂之称的苏州，水缸也结过薄冰了。气象预报常说气温下降到摄氏零下二度三度，冬天早就无情地占领了自然界。菊花虽说枝能傲霜，毕竟也令人觉得花开不入时了。苏沪一带的菊花展览会，都已偃旗息鼓，先后闭幕。我因去年自己的小小菊展，曾经欢度春节，和梅花会面。因此今年我仍然搞了个小菊展，使它依然红紫缤纷，热闹得很。

一个月来，我家几百个大、中、小的盆景，已做好了必要的防寒工作，大型、中型的连盆埋在地下，以防冰冻；小型的和一部分怕冷的，都挤在一间面南的小屋子里，大半已落了叶，瑟缩堪怜。有时国内外的来宾光临，简直没有甚么可以观赏的，所可看看的，就全仗我这小菊展中的许多菊花盆供。为了这个光荣任务，我就尽可能地一直维持下去，让它们开到明年，然后请松啊，柏啊，梅啊，竹啊，一同上来接班。

维持这一个多月的小菊展，可不是简单的事情，朝朝暮暮，我曾付出辛勤劳动的代价。就这小小的局面，也并不是一成不变的，二三天中，就有一番变动，新陈代谢，当然是在所不免。譬如那两盆白色的"粉妆楼"和"懒梳妆"，开得最早，花心有些儿黄了，大有"告老还乡"之意，我就请它们"光荣退休"，换上了朝气蓬勃的两盆"金丝雨珠"和"玻璃绿"。那一株种在不等边形石盆里而高高供着的"天红地白"，花叶支离，好像是"我倦欲眠"，我即忙连连浇水，一连两天，总算把它唤醒过来。一盆居高临下的"秋江夜月"，外围的花瓣有些焦了，脚叶脱了，我就剪下了三朵，修去焦瓣，改作瓶插，再配上一些叶子，现在正安居在一只道光窑的粉彩瓷胆瓶里，风韵犹存，嫣然欲笑，已度过了一星期。此外新加入的，有一株娇小玲珑的"旧朝衣"，不加扎缚，自然地作悬崖形，种在一只青花的方形深瓷盆里，四朵花开得鲜妍欲滴。一盆"绿衣红裳"，本是三朵，欹斜作态，不料内中一朵忽的焦了一半，我就去芜存菁，剪去了一朵，仍然可观。其他的几十盆，不管是大型的、小型的，似乎都了解我尽力维持的一片苦心，还是不屈不挠地坚持下去，似乎都有跨进一九六一年的雄心大志。

近几天来，朋友们来看了我这硕果仅存的小菊展，都表示惊异。老友蒋吟秋口占了一首诗见赠："莫道花开不入时，诗人情味我深知。爱它风骨经秋炼，美意殷勤护好枝。"

能把柔枝独拒霜

在江南十月飞霜的时节，木叶摇落，百花凋零，各地气象报告中常说，明晨有严霜，农作业须防霜冻。然而有两种花，却偏偏不怕霜冻。一种是傲霜的菊花，所以古人诗中曾有"菊残犹有傲霜枝"之句。还有一种就是拒霜的芙蓉，所以古人诗中也有"能把柔枝独拒霜"之句，而芙蓉的别名，也就叫做"拒霜花"。

芙蓉是一种落叶灌木，又称木芙蓉，茎高五六尺以至一丈。入秋，梢头抽出花蕾，初冬开放，有单瓣复瓣之别。花色有红有白，有桃红，据说也有黄色的，却很少见。最名贵的，是醉芙蓉，一日之间三变其色，早上作白色，午刻泛作浅红，傍晚转为深红，因此又称"三醉芙蓉"。吾园梅屋下的荷花池边，全是种的三醉芙蓉，虽受严霜侵袭，却仍鲜妍如故，称它为拒霜花，确是当之无愧。

芙蓉性喜近水，种在池旁溪边，最为适宜，花开时水影花光，互相掩映，自觉潇洒有致，因有照水芙蓉之称。古代诗人每咏芙蓉，往往和水相配合，如"艳质偏临水，幽姿独拒霜""袅袅芙蓉风，池光弄花影""芙蓉发靓妆，艳艳秋江边""半临秋水照新妆，淡静丰神冷艳裳""江边谁种木芙蓉，寂寞芳姿照水红"等，全是说着那些种在水边的芙蓉花。

四川成都，别名锦城，相传蜀后主孟昶，在成都城上遍种芙蓉，每年深秋，四十里花团锦簇，因此名为锦城。不知现在的成都城上，是不是还种着芙蓉，倘有机会，很想去观赏一下。

芙蓉繁殖很容易，可用扦插和分株两法，入冬在土壤上用牛马粪或人粪尿施肥，向阳埋下枝条，明春再行扦插，没有不活的。芙蓉的叶和花，都可治病，据李时珍说，气平而不寒不热，清肺凉血，散热解毒，治一切大小痈疽，肿毒恶疮，可以消肿排脓止痛。它的干皮柔软而有韧性，可纺线或编作蓑衣，自有它一定的经济价值。

乌桕犹争夕照红

这真是一个意外的收获！不知从哪一年起，我园南面遥对爱莲堂的一条花径旁边，有一株小小的乌桕树，依傍着那株高大的垂丝海棠成长了起来。当初我并不注意，两年前的霜降时节，忽见那边有几片猩红的树叶，被阳光照映着，分外鲜艳。走过去仔细一看，却见那叶片作心脏形，每一片都是红如渥丹，原来是一株野生的乌桕，已长到三尺多高。我热爱它的一片丹心，见它长在这里，太不合适，即忙把它掘起，种在一只六角形的深陶盆里，把树梢剪断了一尺，用棕绳扎住，弯曲向下，作悬崖形，再将其他枝条进行整姿，居然形成了一个挺好的盆景。第二年秋天，叶子红了，很为可爱。谁知过了一年，下垂的主枝枯死了一截，不成其为悬崖形了，于是又移植在一只白欧瓷的长方盆中，重行整姿，把根部吊起，更觉美观。秋来并没重霜，而叶子先就一片片地红了起来，鲜艳得简直胜于二月花。我不敢怠慢，即忙郑重地捧到爱莲堂上，和许多盆菊供在一起，夕阳照到叶上，如火如荼，真如陆放翁诗所谓"乌桕犹争夕照红"了。

乌桕属大戟科，是落叶乔木，浙东一带河边溪畔和田岸上，多种此树，有粗可合抱，高达二三丈的。心脏形的叶片上，含有蜡质，光泽可喜。入夏开小黄花，有雌有雄，雌花到了深秋，就会结子，表皮作浅褐色，外层的白穰可榨成白油，内仁也作白色，可榨成清油，可点灯，可制烛，也可入漆，可造纸。近代利用科学炼油的方法，又可炼成机器用油，用途更广。据旧籍中载称，每收桕子一石，可得白油十斤，清油二十斤。用油之外，它的渣可作壅田的肥料。树干的木质细而坚实，可刻书，可制造器物，经久不坏。它的根和叶，都可治病，油甘凉无毒，据李时珍说，可涂一切肿毒疮疥。乌桕的经济价值，真可说是不同寻常的了。

观赏桕叶，不必等候重霜渲染，它比枫叶红得早，也落得早，所以古人诗中都咏及这个特点。如宋代林逋句："巾子峰头乌桕树，微霜未落已先红。"明代刘基句："霜与秋林作锦帏，一朝霜重却全稀。"某一年深秋我和程小青兄特地到碛石和尖山一带去看乌桕，就为了迷信重霜之故，去得迟了，树上大半都结满了子，虽还看到一些红叶，却已错过了它的全盛时期，未免有美中不足之感。

野生的乌桕，不易结子，必须用结子的树枝嫁接上去，很易成活，种在高燥的地上，多施肥料，生长极快。乌桕经过嫁接，结子必多，每株少则数十斤，多则竟在百斤以上，榨成了油，真是一本万利。又据旧籍中说，乌桕不必嫁接，只须于春间将枝条一一扭转，碎其心勿伤其皮，就可以结子，与嫁接同。我准备把园中地植的两株，如法尝试一下。

乌桕犹争夕照红

晓霜枫叶丹

一清早起身，抬眼见屋瓦上一片雪白，却并不是雪，而是厚厚的霜。我家堂前的一株老枫，被晓霜润湿了，红得分外鲜艳，正合着南朝宋代谢灵运的诗句"晓霜枫叶丹"了。我的园子里，枫树虽有好几株，都是早红早脱叶，独有这一株，好像演出压轴戏一般，红得最晚，也最耐观赏，凡是我经常过从的朋友们，没一个不是偏爱它的。有一天来了一位老诗人，对着树击节叹赏，微吟着古人诗句道:"遥看一树凌霜叶,好似衰颜醉里红。"这个譬喻,倒是很确切的。

枫是落叶乔木,树干高达一二丈外,木质很坚,有作红色的,也有作白色的。叶片有三角的,有五角的,有七角的,以五角与七角为细种。山林中的枫树,大半都是三角,例如苏州天平山和南京栖霞山的枫,就是三角的,经霜之后,一样的红酣可爱。

枫的品种很多,不下百余,除了吾国自产的以外,也有从日本和西方来的。名贵的品种,可用三角枫和普通的青枫作砧木,从事嫁接。五角枫和七角枫的子,形如元宝,随风飘落地上,明春发芽生根,生殖力很强,不过长大不快,十年生的干儿,也不过粗如拇指罢了。枫的细种,以葡萄绿为最,次为蓑衣、鸭掌、猩猩红等,一经秋后霜打,都能泛红。日本有一种静涯枫,却在阳春三月就红了,吾家有盆栽的一株,婀娜多姿,的是此中尤物。

说起天平的枫树,当初共有二三百株,又高又大,分布在高义园和范坟一带。相传明代万历年末,范仲淹的第十七世孙范允临,作福建某地的布政使,衣锦荣归时，到天平山来修建祖坟，并在"万笏朝天"下造一别墅，就把从福建带回来的一批三角枫种在那里。到了秋季，枫叶由青转黄，由黄转橙，由橙转紫，一经严霜，那就转为深红，于是朝霞一片，蔚为大观，几乎照红了半爿天。现在虽只剩了数十株，却仍然是堆锦列绣，足供观赏。

芦花白雪飞

芦是长在水乡的多年生草，据说初生时名葭，未秀时名芦，长成时名苇，《诗经》所咏的"蒹葭苍苍"，就是指新芦而说的。芦的同族和别名共有十多种，而通常总叫做芦苇和芦荻，就以形象来说，也是大同小异的。芦因生在水际，成长极快，茎高可达一二丈，中空如管，有节，并没分枝，叶片又细又长，两边锋利，倘用手勒，就会割破皮肤。入秋从叶丛中抽出花茎开白色细花，十分繁密。每枝长尺余，花穗对生，分作两排，每排各有十余穗以至二十余穗，顶端却只有一穗，作为结顶。

芦花有细茸毛，可以作絮代棉花，因此古代曾用来翻衣，元代还有芦花被、芦花褥，诗人们曾咏之以诗，有"采得芦花不浣尘，翠蓑聊复借为茵""软铺香絮清无比，醉压睛霜夜不融"等句，给予很高的评价。而以芦花作枕芯，温软也不亚于木棉。

我家紫兰台下靠近金鱼池的一角，有一大丛白边绿地的芦，每茎长达一丈以外，是芦族异种，抽了穗子似花，其白如雪，摇曳生姿。另有一丛矮种的绿芦，种在一只长方形的紫陶浅盆里，配上了几块拳石，盆面空出一半地位，堵住了盆孔盛水，作为芦荡，水边石矶上，坐着一个老叟把竿垂钓，意境很为清幽。国画馆的一位画师见了，点点头说道："好一幅寒江独钓图！"

鸟不宿

正在百卉凋零的季节，我家廊下，却有异军突起，那就是一大株盆栽的鸟不宿。

这株鸟不宿原为苏州老园艺家徐明之先生手植，在我家已有二十余年。它的树龄，足足在百岁以上，根部中空，更见苍老。枝条屈曲粗壮，分作三大片。种在一只白釉的明代大圆盆中，碧绿的叶、朱红的子、雪白的干和枝条互相映带，绮丽夺目，可以算得盆树中的尤物。

鸟不宿的名称很别致，只为它那光泽的长方形叶片，上下共有五角，每角都有尖刺，致使飞鸟不敢投宿其间，因此得名。可是鸟虽不宿，而偏喜啄食红子，尤其是白头翁，把它们当作佳肴美点，经常要来一快朵颐，即使被那叶上的尖刺，刺伤了嘴和眼，也在所不顾。

鸟不宿一名"十大功劳"，是属于木犀科的一种常绿乔木，产于山地，山民又称为"枸骨"。据明代李时珍说，枸骨树如女贞，肌理很白，叶长二三寸，青翠而厚硬，有五刺角，四时不凋；五月开细白花，结实如女贞，九月熟时作绯红色，皮薄味甘，核有四瓣，人采其木皮煎膏，可黏鸟雀，称为黏稠。但他并未说明它和鸟不宿、十大功劳同为一物，不知何故？又据《本草》说，枸骨又名猫儿刺，因为它肌白好似狗骨，叶有五刺，其形如猫。那么猫儿刺又是鸟不宿的别名了。

装点严冬一品红

　　一品红是甚么？原来就是冬至节边煊赫一时的象牙红。它有一个别名，叫做猩猩木，属大戟科。虽名为木，其实是多年生的草木，茎梢是草质，不过近根的部分是木质化的。它的产地是北美的墨西哥，不知甚么时候输入中国，现则到处都在栽种了。

　　一品红的叶片，绿得像翡翠一样，模样儿好似梭子，又像箭镞，叶面上有很细的茸毛，又络着红丝，很为别致。

到了初冬，顶叶就从翠绿色转变为黄，也有变作浅红或深红的，因种类不同，转变的色彩也各异，而以深红的一种为最美，简直像朱砂那么鲜艳。一般人以为这就是花，其实是叶，也正像雁来红的顶叶一样，往往会被人认作花瓣的。顶叶的中心有一簇鹅黄色的花蕊，一个个像小型的杯子，这是给蜂蝶作授粉之用的。

一九六二春我曾在北京中山公园唐花坞中，看到顶叶浅红色的一品红，茎干很矮，比长干的好。时在三月，并不是顶叶变色的时期，原来也是用催延花期的方法把它延迟的。听说青岛有一种顶叶作白色的，自是此中异种，可是与一品红的名称未免不符了。

一品红的繁殖，都用扦插的方法，到了清明节后，把老本上的茎干剪为若干段，剪断处流出乳状的白汁，须等它干了之后，才一段段斜插在田泥和糠灰的盆里，随时灌水，力求湿润，过了一个多月，就会生出根须来，这时便可分株翻盆，一盆一株。到了夏季大伏天里，应将每株剪短，剪下来的新枝，再行扦插，愈插愈多，这时也必须经常灌溉，不可怠忽。农历九月中，开始施肥，先淡后浓，一个月后须施浓肥，一面就得把盆子移到温室里去培养，入冬以后，切忌受寒，非保持华氏五六十度的温度不可。记得某年仲冬曾有两大盆，每盆五六枝，猩红的顶叶与翠绿的脚叶，相映成趣；不料突然来了个冷讯，仅仅在一夜之间，叶片全都萎了，第二天任是喷水曝日，再也挺不起来。这个一品红竟好像是千金小姐养成的一品夫人，实在是不容易伺候的。

岁寒独秀蜡梅花

当这严冬的岁寒时节，园子里的那些梅树，花蕾还是小小的，好像一粒粒的粟米，大约非过春节，不会开放，除了借重松、柏、杉、女贞、鸟不宿等常绿树外，实在没有甚么花可看了。看来看去，只有那黄如蜜蜡的蜡梅花，可说是岁寒独秀，作为严冬园林唯一的点缀。

蜡梅属蜡梅科，原为国产。宋代元祐以前，本名黄梅，后来苏东坡、黄山谷诗中给它命名蜡梅，说它"香气似梅，类女工捻蜡所成，因谓蜡梅"。明代李时珍说："此物本非梅类，因其与梅同时，香又相近，色似蜜蜡，故得此名。"又说花气味辛温无毒，可解暑生津，因此可作药笼中物，自有它的经济价值。它的树身有丛生的，也有独干的，抵抗力极强，多可长寿。干高达一丈外，粗可合抱，木质坚实，像香樟般含着香气。树叶对生，作卵形，长三四寸。农历四月间，花蕾就从叶腋间抽出，渐长渐大，到了冬至左右，就烂漫开放，花期可延至两三个月之久。花以素心为贵，所有花瓣花心全作黄色，如果一有杂色，那就是荤心的了，并不稀罕。花型以磬口为贵，花蕾浑圆，逐渐绽开，仍是半开半含，好像一个个乐器中的铜磬，因称磬口。花经久不蔫，浓香馥郁，有的花心中还现着蜡光，最为难得。

蜡梅品种不多，除磬口外，又有檀香梅，色作深黄，花密香浓，结实如垂铃，尖而长，约一寸左右，其中就包着子。剥下树皮来，浸水磨墨，光彩焕发，可供作书作画之用。虎丘致爽阁下，有深黄色的蜡梅一株，光艳悦目，疑即檀香梅。次为原产松江的荷花梅，素心圆瓣，花型略似荷花。再次为来自扬州的早黄梅，多用狗蝇梅作砧木嫁接而成，农历十月间就开花，也是素心，不算太差。最差的那就是狗蝇梅了，它原是野生的，外瓣虽作黄色，而内瓣和花心却带着紫色。花型既小，花香也淡，花谢之后，结实可以播种，长大后只能作为嫁接其他佳种的砧木，它本身是不足以供观赏的。宋代韩驹蜡梅云："路入君家百步香，隔帘初试汉宫妆。只疑梦到昭阳殿，一簇轻红绕淡黄。"诗是好诗，可是他所歌颂的，却似乎就是卑不足道的狗蝇梅吧！

蜡梅繁殖的方法，除嫁接外，以分株为妙，分株脱离了母株，只要带着少数根须，栽在肥土里，也容易成活。它喜肥，冬间施以淡肥，豆粕最好，人粪尿也可用，先淡后浓，两三年后便可开好。它又喜阳光，如果种在高燥的地方，年年都可开花，例如我家爱莲堂外廊下的那株双干老蜡梅，树顶虽已被台风吹断，而下方枝条四张，仍然着花茂美。每年除夕那天，我欣然摘了几枝，配上红天竹插瓶，作为岁朝的清供。

天竹红鲜伴蜡梅

　　我家有一只明代欧瓷的长方形浅水盘，右角有一块绿油油地长着苔藓的小石峰，后面插着两枝素心磬口蜡梅花，一枝昂头挺立，一枝折腰微欹。那疏疏落落的黄花，看起来有寂寞之感，而色彩也似乎单调了一些，不够耀眼。于是我忙到园子里去剪了一株天竹，插在那两枝蜡梅的中间，鲜红的子，嫩绿的叶，可就把鹅黄色的花衬托了出来，顿觉灿烂夺目。

天竹是一种属于小蘗科的常绿灌木，原产在南方地区，因此又称南天竹。此外又有南烛、大椿、男续、阑天竹等好几个别名，连专家李时珍也说南烛诸名多不可解，我们也不必求其甚解了。它性喜丛生，总是一二十株簇聚一起。枝干挺直，质坚而细，高三四尺至丈余不等。叶复生作羽片状，经冬不凋。农历四五月间，花穗从枝梢抽出，开单瓣小白花，无色无香，不足观赏。花谢之后，就满穗结子，初作绿色，经霜渐变为红，鲜艳如颗颗火珠，一串串挂在枝头，十分悦目。它不但为人们所喜爱，连鸟类如白头翁，也见了垂涎，所以子儿一红，非将纱布或硬纸包裹起来不可，否则到了春节前后就颗粒无余了。

天竹品种，计有十余个。着子的有狐尾、狮尾、满天星三种。以狐尾为最美，产于常熟，所结的子茂密均匀，每穗长尺余，真像狐尾一样。狮尾穗短而子大，顾名思义，可知其不如狐尾。满天星徒长枝叶，结子不多。这三种都结红子，也有结黄子的，产于苏州，比较少见。有长短二种，结子较难，穗也较短，色彩当然也不如红子那么鲜艳。看叶的有五色南天竹、琴丝南天竹，还有红叶、黄叶和枝干屈曲的几种。就中以五色为最美，干矮叶密，四季变色，忽青忽白，忽黄忽紫，忽又一变而为红，可作盆玩，以供四时观赏。所谓琴丝天竹，是形容它的叶细如琴丝，而枝干也是矮矮的，栽在盆子里，可作案头清供。老干的天竹形成树桩的，是盆景上品，我有大小四株，有结子的，也有不结子的，其中一株来自天平山，虽结子不多，而红叶扶疏，大可观玩。

中国天竹散布各处，有的不知从何而来，多数是子落在地自行繁殖的。如用人工繁殖，那么有播种、分株、扦插三个方法。播种当然慢一些，自以分株为最快，也最易成长。天竹喜阴而不喜阳，所以种在竹林旁或大树下，都很适宜，但以稍见阳光、多受雨露为原则。它也喜肥，每年冬季，必须在根的四周壅以河泥和豆粕；如果在大伏天里，把红蜡烛油拌和草木灰壅上去，结子更觉红艳鲜明。

关于《周瘦鹃自编精品集》

　　1953年3月由上海出版公司出版的周作人著《鲁迅的故家》里，有一篇《周瘦鹃》的文章，文章不长，全文如下：

　　关于鲁迅与周瘦鹃的事情，以前曾经有人在报上说及。因为周君所译的《欧美小说译丛》三册，由出版书店送往教育部审定登记，批复甚为赞许，其时鲁迅在社会教育司任科长，这事就是他所办的。批语当初见过，已记不清了，大意对于周君采译英美以外的大陆作家的小说一点最为称赏，只是可惜不多，那时大概是民国六年夏天，《域外小说集》早已失败，不意在此书中看出类似的倾向，当不胜有空谷足音之感吧。鲁迅原来很希望他继续译下去，给新文学增加些力量，不知怎的后来周君不再见有著作出来了，直至文学研究会接编了《小说月报》，翻译欧陆特别是弱小民族作品的风气这才大兴，有许多重要的名著都介绍来到中国，但这已在五六年之后了。鲁迅自己译了很不少，如《小约翰》与《死魂灵》都很费气力，但有两三种作品，为他所最珍重，多年说要想翻译的，如芬兰乞食诗人丕威林太的短篇集，匈牙利革命诗人裴彖飞的唯一小说名叫"绞吏之绳"的，都是德国"勒克兰姆"丛刊本，终于未曾译出，也可以说是他未完的心愿吧（在《域外小说集》后面预告中似登有目录，哪一位有那两册初印本的可以一查）。这两种文学都不是欧语统系，实在太难了，中国如有人想读那些书的，也只好利用德文，英美对于弱小民族的文学不大注意，译本殆不可得。

在这篇文章里，周作人很明白地说明了当年周瘦鹃出版《欧美名家短篇小说丛刊》时，鲁迅对这部作品的看重，用"空谷足音"来赞美。不久后，周作人在另一篇文章《鲁迅与清末文坛》里再次提到这个事，说到鲁迅对清末民初上海文坛的印象："不重视乃是事实，虽然个别也有例外，有如周瘦鹃，便相当尊重，因为所译的《欧美小说丛刊》三册中，有一册是专收英美法以外各国的作品的。这书在1917年出版，由中华书局送呈教育部审查注册，发到鲁迅手里去审查，他看了大为惊异。"鲁迅还把书稿"带回会馆来，同我会拟了一条称赞的评语，用部的名义发表了出去。据范烟桥的《中国小说史》中所记，那一册中计收俄国四篇，德国二篇，意大利、荷兰、西班牙、瑞士、丹麦、瑞典、匈牙利、塞尔维亚、芬兰各一篇，这在当时的确是不容易的事了"。周作人在文章里所说的《欧美小说译丛》和《欧美小说丛刊》，就是周瘦鹃那本《欧美名家短篇小说丛刊》的简称。周瘦鹃的这部翻译作品，能受到鲁迅的赞誉，固然和鲁迅、周作人早年翻译的小说不成功有关系，主要的还是鲁迅有一颗公平公正、重视人才的心。确实，勤奋的周瘦鹃，在他二十多岁年纪就取得如此大的成就，配得上鲁迅的称赞。后来，他又把多年翻译的作品，经过整理，于1947年出版了《世界名家短篇小说全集》（全四册）。

　　周瘦鹃的写作，一出手就确定了他的创作方向，即适合市民大众阶层阅读的通俗文学。他发表的第一篇作品《落花怨》（1911年6月11日出版的《妇女时报》创刊号），就带有浓郁的市井小说的味儿，而同年在著名的《小说月报》上连载的八幕话剧《爱之花》，同样走的是通俗文学的路子，迎合了早期上海市民大众的阅读"口感"，同时也形成了他一生的创作风格。继《爱之花》之后，他的创作成了"井喷"之势，创作、翻译同时并举，许多大小报刊上都有他的作品发表，一时成为上海市民文化阶层的"闻人"，受到几代读者的欢迎。纵观他的小说创作，著名学者范伯群先生给其大致分为"社会讽喻""爱国图强""言情婚姻"和"家庭伦理"四大类。"社会讽喻"类的代表作有《最后之铜元》《血》《十年守寡》《挑夫之肩》《对邻的小楼》《照相馆前的疯人》《烛影摇红》等，"爱国图强"类的代表作有《落花怨》《行再相见》《为国牺牲》《亡国奴家里的燕子》等，"言情婚姻"类的代表作有《真假爱情》《恨不相逢未嫁时》《此恨绵绵无绝期》《千钧一发》《良心》《留声机片》《喜相逢》《两度火车中》《旧恨》《柳色黄》《辛先生的心》等，"家庭伦理"类的代表作有《噫之尾声》《珠珠日记》《试探》《九华帐里》《先父的遗像》《大水中》等。他的这些成就的取得，不仅在大众读者的心目中影响深远，也受到了鲁迅等人的肯定。1936年10月，鲁迅等人号召成立文艺界抗日民族统一战线，周瘦鹃作为通俗文学的代表，也被鲁迅列名参加。周瘦鹃在《一瓣心香拜鲁迅》中还深情地说："抗日战争初起时，鲁迅先生等发起文化工作者联合战线，共御外侮，曾派人来要我签名参加，听说人选极严，而居然垂青于我。鲁迅先生对我的看法的确很好，怎的不使我深深地感激呢？"翻译和创作通俗小说而外，周瘦鹃还创作了大量的散文小品。他的散文小品题材广泛，行文驳杂，有花草树木、园艺盆景、编辑手记、序跋题识、艺界交谊、影评戏评、时评杂感、书信日记等，涉及社会生活的多个方面。此外，周瘦鹃还是一位成就卓著的编辑出版家，前半生参与多家报刊的创刊和编辑工作，著名的有《礼拜六》《紫罗兰》《半月》《紫兰花片》《乐园日报》《良友》《自由谈》《春秋》《上海画报》《紫葡萄画报》等，有的是主编，有的是主持，有的是编辑，有的是特约撰述。据统计，在1925年到1926年的某一段时间内，他同时担任五种杂志的主编，成了名副其实的名编。另外，他还写作了大量的古典诗词，著名的有《记得词》一百首、《无题》前八首和《无题》后八首等。

　　周瘦鹃一生从事文艺活动，集创、编、译于一身。在创作方面，又以散文成就最大，其中的"花木小品""山水游记""民俗掌故"被范伯群称为"三绝"（见范伯群著《周瘦鹃论》）。而"三绝"之中，尤其对"花木小品"更是情有独钟，不仅写了大量的随笔小品，还成为闻名天下的盆景制作的实践者。据他在文章中透露，早在20世纪20年代末期，他就在苏州王长河头买了一户人家的旧宅，扩展成了一个小型私家园林。从此苏州、上海两地，都成了他的活动基地，在上海编报刊、搞创作，在苏州制作盆栽、盆景。而早年在上海选购花木盆栽的有关书籍时，还曾巧遇过鲁迅。在《悼念鲁迅先生》一文中，他透露说："记得三十余年前的某一个春天，一抹斜阳黄澄澄地照着上海虹口施高塔路（即今之山阴路）口一家日本小书店，照在书店后半间一张矮矮的小圆桌上，照见桌旁藤靠椅上坐着一位须眉漆黑的中年人，他那瘦削的长方脸上，满带着一种刚毅而沉着的神情。他的近旁坐着一个日本人，堆着满面的笑正在说话。这书店是当时颇颇有名的内山书店，那日本人就是店主内山完造，而那位中年人呢，我一瞧就知道正是我所仰慕已久的鲁迅先生。"买有关盆栽的书而邂逅鲁迅先生，周瘦鹃自称是"三生有幸"，而此时，他还不知道鲁迅曾经大加赞赏过他的《欧美名家短篇小说丛刊》。鲁迅也偶尔玩过盆景的，他在散文集《朝花夕拾·小引》里，有这样一段话："广州的天气热得真早，夕阳从西窗射入，逼得人只能勉强穿一件单衣。书桌上的一盆'水横枝'，是我先前没有见过的：就是一段树，只要浸在水中，枝叶便青葱得可爱。看看绿叶，编编旧稿，总算也在做一点事。"这个"水横枝"，就是盆栽，清供之一种，如果当时周瘦鹃能够和鲁迅相认，或许也会讨论一下盆栽制作也未可知啊。

1949 年以后，周瘦鹃定居苏州，并自称苏州人，把全部的精力都投入到盆栽、盆景的制作中去，在《花花草草·前记》中，他写道："我是一个特别爱好花草的人，一天二十四小时，除了睡眠七八小时和出席各种会议或动笔写写文章以外，大半的时间，都为了花草而忙着。古诗人曾有'一年无事为花忙'之句，而我却即使有事，也依然要设法分出时间来，为花而忙的。"在忙花忙草忙盆景的同时，他的作品也越写越多，大部分都是和花草树木有关的小品散文，这方面的文章，也是他一生创作的重要部分。1955 年 6 月，他在通俗文艺出版社出版了一本《花前琐记》，首印 10000 册，共收以种花植树盆栽为主的小品随笔 37 篇。1956 年 9 月，在上海文化出版社出版了《花花草草》，收文 35 篇，首印 20000 册。1956 年 12 月，又在江苏人民出版社出版了《花前续记》，收文 38 篇。1958 年 1 月，在江苏人民出版社出版了《花前新记》，收文 40 篇，附录 1 篇，首印 6000 册。1962 年 11 月，在江苏人民出版社出版了《行云集》，收文 19 篇，附录 1 篇，1985 年 1 月第二次印刷时又加印4000 册。1964 年 3 月，香港上海书局出版了《花弄影集》，1977 年 7 月再版。1995 年 5 月，是周瘦鹃诞辰一百周年，新华出版社出版了周瘦鹃的小女儿周全整理的《姑苏书简》，收文 59 篇，首印 3000 册。该书收录周瘦鹃 1962年至 1966 年在香港《文汇报》开辟的《姑苏书简》专栏发表的文章，书名由著名民主人士雷洁琼题写，邓伟志、贾植芳分别作了序言，周全女士的文章《我的父亲》一文附在书末。

周瘦鹃一生钟情"紫罗兰"（周吟萍），他们的恋情要从周瘦鹃在民立中学任教时说起：在一次到务本女校观看演出时，周瘦鹃对参与演出的少女周吟萍产生了爱慕之情，在书信往还中，开始热恋。但周吟萍出身大户人家，其父母坚决反对他们的恋爱，加上女方自幼定有婚约，使他们有情人无法成为眷属。周瘦鹃苦苦相恋，使他"一生低首紫罗兰"，并为其写了无数诗词文章，《紫罗兰》《紫兰花片》等杂志、小品集《紫兰芽》《紫兰小谱》和苏州园居"紫兰小筑"、书室"紫罗兰盦"、园中叠石"紫兰台"等，都是这场苦恋的产物。《爱的供状》和《记得词》一百首，更是这场恋情的心血之作。这套 8 本的《周瘦鹃自编精品集》，依据的就是上述各书的版本。另外，《姑苏书简》和《爱的供状》虽然不是作者生前"自编"，但也出自作者的创作，为统一格式，也权当"自编"论，这是需要向读者说明的。

陈　武

2018 年 5 月 18 日于燕郊